Guido-Franklin Bierknecht

Die windelstarken Abenteuer des bösen Baby Ralph

Absurde und chaotische Geschichten

Die windelstarken Abenteuer des bösen Baby Ralph

Absurde und chaotische Geschichten

Guido-Franklin Bierknecht

Für Frank, den chaotischsten & liebenswürdigsten Ingenieur
in ganz Stendal. Du bist ein guter Kumpel!

Inhalt

Vorwort

Als ich die drei Gedichte über das böse Baby Ralph in meinem ersten Gedichtzyklus veröffentlichte, hätte ich nicht mit diesem Erfolg gerechnet. Es war eine (dreiteilige) Dichtung unter vielen anderen absurden Gedichten. Doch scheint der Protagonist seinen Weg in die Herzen der Leser gefunden zu haben. Zahlreiche Leserbriefe und E-Mails erreichten mich. Menschen sprachen mich an. Der Tenor: mehr davon!

Nun liegt es also vor, ein ganzes Buch über die absolut absurden und chaotischen Abenteuer des bösen Baby Ralph. Der Vollständigkeit halber stelle ich die drei ursprünglichen Gedichte dem Abenteuer voran.

Ich wünsche allen Lesern viel Vergnügen.

Guido-Franklin Bierknecht
Januar 2025

Die schreckliche Windel des bösen Baby Ralph

Baby Ralph sitzt in der Ecke,
sein Blick ist finster, die Stimmung schwer.
„Was hast du getan?" fragt die Mutter,
doch Ralph grinst nur
und zeigt auf die Luft.

Ein Geruch zieht durch das Zimmer,
schwer wie ein Gewittersturm.
„Das ist nicht normal!" ruft der Vater,
„Was hast du gegessen,
du kleiner Teufel?"

Die Windel dampft, ein kleiner Vulkan,
bereit, die Welt zu erschüttern.
„Das Baby ist ein Monster,"
flüstert die Katze
und flieht unter das Sofa.

Die Mutter nimmt die Zange,
der Vater greift nach Handschuhen.
„Wir müssen es wagen," murmelt er,
„sonst wird die Windel unser Untergang."

Doch Ralph, das böse Baby,
lacht laut und triumphiert.
„Ihr könnt mich nicht stoppen,"
ruft er frech,
„ich bin der Herr der Gerüche!"

Die schreckliche Windel des bösen Baby Ralph – Teil 2

Die Eltern wagen den ersten Schritt,
die Windel scheint zu zischen.
„Das ist doch unmöglich,"
sagt die Mutter,
„das Kind wird uns verhexen!"

Der Vater holt den Staubsauger,
doch der streikt, sobald er schnuppert.
„Technik reicht nicht," murmelt er,
„hier braucht es Magie
oder einen Exorzisten."

Ralph klatscht in die Hände,
sein Lachen hallt wie ein Donner.
„Ihr seid machtlos gegen mich,"

ruft er stolz,
„die Windel ist meine Waffe!"

Die Nachbarn klopfen an die Tür,
„Was ist los bei euch?
Ein Gestank wie im Hades!"
Die Eltern schweigen,
nur Ralph brüllt vor Freude.

Am Abend bleibt nur Resignation,
die Windel ruht wie eine Bombe.
„Vielleicht müssen wir fliehen,"
flüstert die Mutter,
der Vater nickt erschöpft.

Die schreckliche Windel des bösen Baby Ralph – Teil 3

Die Familie zieht in die Berge,
doch Ralph bleibt, wie er ist.
„Eine neue Chance!" hofft die Mutter,
doch die erste Nacht
endet im Gestank.

Ein Mönch kommt aus dem Kloster,
er bietet heilige Kräuter an.
„Dies wird die Luft reinigen,"
sagt er weise,
doch die Windel widersteht.

Die Tiere fliehen aus dem Wald,
der Wind trägt die Botschaft fort.
„Ralph regiert," flüstern die Vögel,
„kein Duft bleibt rein,
wo er war."

Doch eines Tages wird es still,
Ralph wirkt plötzlich zufrieden.
„Ist es vorbei?" fragt der Vater.
Doch Ralph grinst nur,
denn er plant schon das Nächste.

Die Eltern seufzen, doch tief im Herzen
ahnen sie: Dies ist nur der Anfang
vom bösen Baby Ralph.

Baby Ralphs neuester Streich

Baby Ralph sitzt still im Zimmer, die Eltern ahnen nichts. Sein Blick verrät jedoch den Plan, denn Ralph ist Meister des Chaos, der List. Er schleicht zur Küche, holt das Mehl, ein Sack so groß wie ein Berg. „Heute wird es schneien," lacht er leise, „doch ohne Kälte." Im Wohnzimmer wirft er das Mehl, es fliegt wie ein weißer Sturm. Die Katze niest, der Hund erstarrt, „Was passiert hier?" fragt die Uhr an der Wand.

Die Eltern kommen, sehen das Chaos, ihre Münder offen, Augen weit. „Ralph!" ruft die Mutter entsetzt, doch der kleine Übeltäter klatscht vor Freude. „Es ist Kunst," erklärt er frech, „ich bin ein Künstler, kein Kind!" Der Vater schüttelt den Kopf, doch die Mutter lacht: „Kunst ist wohl Geschmackssache."

Doch Ralph ist längst beim nächsten Werk, er stapelt Töpfe, Teller, Gläser. „Eine Skulptur," murmelt er stolz, „hoch wie ein Turm, der bis zu den Sternen reicht." Der Turm kippt, die Gläser klirren. Die Eltern rennen, doch zu spät. Ralph sitzt im Scherbenhaufen, grinst und ruft: „Mein Meisterwerk ist vollbracht!"

Am Abend sitzt er in seinem Bett, die Eltern müde, der Boden gereinigt. Doch Ralphs Augen funkeln, und er denkt schon an morgen: „Ein neuer Tag, ein neues Chaos."

Baby Ralph versendet seine Windeln mit der Post

Ralph saß in seiner Ecke, der Schalk in seinen kleinen Augen. „Wenn ich die Welt nicht besuchen kann," dachte er, „dann schicke ich ihr ein Geschenk." Die Windeln stapelten sich hoch, ein Berg aus Stoff und Geruch. Mit kleinen Händen, voller Eifer, packte er sie in Päckchen, jede mit einem Schleifchen verziert.

„Wohin soll es gehen?" fragte der Postbeamte später, als Ralph mit seinem Kinderwagen voller Pakete ankam. „Überall," sagte Ralph grinsend.

Die erste Windel ging nach Paris, wo sie in einem Café landete. „Ein Souvenir?" fragte ein Gast. „Es riecht eher nach Revolution." Das zweite erreichte Berlin, in einem Büro voller Beamter. „Das ist ein Statement," sagte jemand ernst, „gegen die Bürokratie vielleicht."

Die Windeln flogen weiter, von Tokio bis New York. Jedes Paket brachte Verwirrung, doch auch ein Lächeln, wenn auch manchmal gezwungen. Am Abend saß Ralph zurückgelehnt, seine Arbeit getan, seine Mission erfüllt. „Die Welt," dachte er stolz, „kennt jetzt meinen Duft."

Baby Ralph räumt auf

Für gewöhnlich lag Haus lag im Chaos. Spielzeug, Windeln, Lametta-Reste, alles verstreut, als habe ein Sturm gewütet. Doch heute war etwas anders. Baby Ralph, der kleine Herr des Unheils, stand mitten im Durcheinander mit entschlossenem Blick.

„Ich räume auf," brabbelte er, seine Worte kaum verständlich. Die Eltern hielten inne, staunten und fragten sich: „Ist das ein Trick?" Ralph begann mit den Bausteinen, schob sie in eine Kiste, einen nach dem anderen. „Ordnung ist Kunst," murmelte er fast poetisch, während die Katze skeptisch zusah. Die Windeln, einst sein Markenzeichen, landeten ordentlich im Müll. Der Duft der Ordnung lag in der Luft, so ungewohnt, dass der Hund niesen musste.

Am Ende war das Haus wie neu, der Boden blitzte, die Regale standen still. Ralph setzte sich mitten in die Ordnung, betrachtete sein Werk und nickte zufrieden.

Doch dann, ein leises Grinsen, ein Funke in seinen Augen. Mit einem Wurf flogen die ersten Bauklötze, gefolgt vom Lametta. „Ordnung," rief Ralph, „ist der Weg zurück ins Chaos!"

Baby Ralph trifft Fischtoph

Es war ein sonniger Tag am Meer, Baby Ralph stand am Ufer, seine Windel sandbedeckt, die Füße im Wasser, die Augen voller Entdeckungslust. Plötzlich, ein Glitzern - eine Flosse brach durch die Wellen.

„Wer bist du?" rief Ralph, sein Finger zeigte auf das Unbekannte. „Ich bin Fischtoph," kam die Antwort, „Wächter der Meere." Ralph lachte laut, sein kleiner Bauch wackelte. „Ein Fisch, der reden kann?" fragte er ungläubig, doch Fischtoph lächelte nur. „Und du?" fragte Fischtoph, „Warum bist du hier?" Ralph klatschte in die Hände. „Ich baue eine Sandburg, aber sie hält nicht! Das Meer frisst sie." Fischtoph nickte weise. „Das Meer nimmt, aber es gibt auch. Vielleicht brauchst du etwas mehr Magie." Mit einem Schwung seiner Flosse warf er Muscheln und Seetang an den Strand.

Ralph sammelte sie auf, seine kleinen Hände voll Schätze. „Ich baue eine Burg," rief er, „die niemand zerstören kann!" Und so formte er Stein auf Stein mit Fischtophs Hilfe. Am Abend stand die Burg, glitzernd im letzten Licht. „Das ist unsere Burg," sagte Ralph stolz. „Unsere," wiederholte Fischtoph leise, bevor er in die Wellen zurücktauchte.

Ralph winkte ihm nach, sein kleiner Finger in der Luft. „Komm wieder," flüsterte er, „ich brauche noch mehr Magie." Und Fischtophs Lachen hallte durch die Gischt.

Baby Ralph neckt Fischtoph

Baby Ralph stand am Ufer, sein Blick verschmitzt, die Windel schief. „Fischtoph!" rief er in die Wellen, „Bist du ein Held oder nur ein großer Fisch?" Die Wellen blieben still.

Doch plötzlich tauchte er auf, glitzernd, stolz, majestätisch. „Was willst du, Ralph?" fragte Fischtoph, sein Ton geduldig, aber wachsam. „Hast du wieder Unfug im Sinn?" Ralph grinste breit, hielt eine Sardine hoch. „Ich habe deinen Bruder gefangen!" rief er triumphierend, doch die Sardine zappelte nur kurz, bevor sie entkam. Fischtoph schnaubte, sein Schwanz peitschte das Wasser. „Du bist ein kleiner Schurke," murmelte er, „aber ich lasse mich nicht ärgern." Ralph klatschte ins Wasser, spritzte Wellen in alle Richtungen. „Du hast Angst!" lachte er, „Ein großer Fisch, aber ein kleiner Mut."

Doch Fischtoph lächelte plötzlich, tauchte ab, und eine große Welle brach am Strand, überschwemmte Ralph, der jetzt pitschnass war. „Das war unfair!" brüllte Ralph, während Fischtoph aus der Tiefe lachte. „Das Meer gehört mir, kleiner Freund," sagte er, „und ich necke besser als du."

Ralph saß im Sand, triefend, aber nicht besiegt. „Warte nur," murmelte er, „ich komme wieder, mit einer größeren Sardine."

Fischtophs Ende (Baby Ralphs Mahl)

Die Sonne sank über dem Meer, die Wellen glitzerten still. Doch Baby Ralph, sein Lächeln verschlagen, stand mit einer Angel am Ufer. „Komm, Fischtoph!" rief er, „Du bist der Wächter der Meere, aber ich bin der Herr der Windeln!" Die Angel wippte, der Köder glänzte im Abendlicht.

Fischtoph tauchte auf, sein Blick stolz, doch in den Tiefen lag ein Zögern. „Was willst du diesmal, Ralph?" fragte er, „Noch mehr Unfug?" Ralph grinste, sein kleiner Bauch wackelte. „Ich will dich, Fischtoph, auf meinem Teller. Heute bist du kein Wächter, sondern mein Mahl."

Ein Zug, ein Sprung, die Angel straff, und plötzlich lag Fischtoph im Sand, sein Glanz verblasst, seine Flosse müde. „Du hast gewonnen," flüsterte er. In der Küche dampfte der Topf, die Luft roch nach Salz und Abenteuer. Ralph saß am Tisch, sein Lätzchen bereit, der Löffel erhoben wie ein Zepter. Doch als der erste Bissen kam, schmeckte er nicht nach Sieg, sondern nach Reue. „Vielleicht," murmelte Ralph, „warst du mehr als nur ein Fisch."

Am Abend schlief Ralph, sein Bauch voll, doch sein Herz ein wenig schwer. Und in den Wellen flüsterte der Wind, als ob Fischtophs Geist immer noch wacht.

Baby Ralphs Verdauungskatastrophe

Baby Ralph lag auf der Decke, sein Bauch rund, sein Blick träge. „Fischtoph war köstlich," murmelte er zufrieden, doch tief in ihm braute sich etwas zusammen. Die Windel spannte, ein drohendes Zeichen.

Die Katze schaute aus sicherer Entfernung, der Hund winselte leise, denn sie kannten Ralphs Verdauung. Plötzlich ein Geräusch, ein grollender Donner aus der Tiefe. „Was ist das?" rief die Mutter panisch, doch Ralph lachte nur, sein Gesicht voller Unschuld. Die Windel explodierte fast, ein Geruch stieg auf, so stark, dass selbst die Pflanzen am Fenster ihre Blätter hängen ließen.

„Fischtoph," murmelte Ralph, „du bist wirklich ein Wächter, selbst nach deinem Ende." Die Eltern flohen, ein Spray in der Hand, die Luft zu retten. Die Windel, schwer wie ein Stein, wurde zum Symbol eines Sieges, der vielleicht zu viel war. „Nie wieder Fisch," dachte die Familie einstimmig. Am Abend schlief Ralph tief und fest, sein Werk vollbracht, die Welt um ihn ein wenig leiser. Und irgendwo in der Ferne, rauschte das Meer, als ob Fischtoph leise lachte.

Baby Ralphs Gedenken an Fischtoph

Am Morgen saß Ralph im Sand, sein Blick zum Meer, die Wellen still, doch in seinem Herzen glomm ein seltsames Feuer. „Fischtoph," murmelte er, „du warst ein großer Fisch, ein Freund, ein Mahl, und jetzt ein Gedanke, der schwerer ist als meine Windel."

Die Eltern, schon besorgt, sahen, wie Ralph begann, Muscheln zu sammeln, sie in einer Linie zu legen, wie ein Denkmal aus Sand und Salz. „Was macht er jetzt?" fragte der Vater skeptisch. „Etwas Großes, etwas Gefährliches," antwortete die Mutter, den Geruch der letzten Katastrophe noch in der Nase. Ralph warf Lametta ins Wasser, ließ es glitzern wie Schuppen. „Er soll strahlen," rief er laut, „wie er es tat, als er noch in meinem Bauch war."

Doch dann, ein Knall: Ralph, in seiner Begeisterung, warf die ganze Windel ins Meer. Die Wellen zogen sich zurück, die Möwen flohen kreischend, selbst die Sonne schien kurz zu flackern. „Das reicht!" rief die Mutter, doch Ralph grinste nur. „Fischtoph hätte das verstanden," sagte er, „er war ein Wächter der Freiheit." Die Eltern, ratlos, der Hund, im Schatten kauernd, und die Katze, auf einem Baum, sahen zu, wie Ralph sein Werk betrachtete: Eine Chaos-Zeremonie voller Liebe. Am Abend schlief er, ein Lächeln im Gesicht. Und im Traum rauschte das Meer, als ob Fischtoph ihm leise dankte.

Baby Ralph trifft die nette Frau

Am Parkrand, zwischen Schaukel und Sand, stand sie plötzlich: eine nette Frau, ihr Lächeln warm, ihr Blick neugierig. „Hallo, kleiner Mann," sagte sie sanft, „was machst du hier ganz allein?" Ralph, die Windel schon leicht verrutscht, blinzelte zu ihr hoch. „Ich bin Ralph," rief er stolz, „der Meister der Windelkunst!" Die Frau lachte, ihr Lachen wie Glocken, doch sie wusste nicht, was gleich kommen würde.

Ralph bot ihr eine Blume an, die er gerade aus dem Beet gerissen hatte. „Für dich," sagte er, doch sie nahm die Blume zögernd, als hätte sie etwas geahnt. Dann begann Ralph zu tanzen, ein seltsamer, wilder Tanz, bei dem Sand in alle Richtungen flog, ein Hula-Hoop-Reifen aus Chaos. Die nette Frau trat einen Schritt zurück. „Oh, du bist ein lustiger Junge," sagte sie, doch in ihrem Lächeln schlich sich erste Verzweiflung ein, als Ralph laut rief: „Ich zeig dir was ganz Besonderes!"

Er zog an der Windel, entblößte das, was die Frau niemals sehen wollte. „Das ist Kunst!" rief er triumphierend, doch die Frau wandte sich ab, ihr Gesicht rot wie eine Tomate. „Ich… muss jetzt gehen," stammelte sie, doch Ralph lachte nur, hob eine Hand voll Sand und warf sie in die Luft, sein Abschiedsgeschenk. Am Abend saß Ralph wieder im Sand, allein, aber zufrieden. „Nette Frauen," dachte er, „sind wie Möwen – sie kommen und gehen."

Ralphs Windeln werden ausgekocht

Die Sonne stand hoch, die Luft war warm, doch im Haus herrschte Alarm. „Diese Windeln," sagte die Mutter, „sie sind eine Gefahr für die Menschheit." Der Vater nickte, seine Augen müde, der Geruch hing wie ein Schatten im Raum. „Wir kochen sie aus," entschied er schließlich, „das ist die einzige Rettung."

Der Topf, groß wie ein kleines Boot, wurde mit Wasser gefüllt. Die Windeln, schwer und schicksalsergeben, wurden hineingelegt, wie Krieger vor ihrer letzten Schlacht. „Es blubbert!" rief Ralph begeistert, sein kleiner Finger zeigte auf die brodelnde Suppe. „Schau, Mama, ich mache Windel-Suppe!" Die Mutter verdrehte die Augen, der Vater hielt die Nase zu.

Der Dampf stieg auf, schwer und würzig, die Katze floh aufs Dach, der Hund winselte unter dem Tisch. „Es riecht nach… Geschichte," murmelte der Vater. Nach Stunden des Kochens, als die Luft klarer wurde, lagen die Windeln da, weiß wie Schnee, bereit für ein weiteres Kapitel Ralphs Chaos.

Doch Ralph, nicht beeindruckt, warf eine frisch gekochte Windel in die Luft. „Jetzt bin ich ein Windel-Zauberer!" rief er laut, und die Eltern wussten, dass der nächste Streich schon begann.

Baby Ralph und das Rizinusfläschchen

Es war ein ruhiger Nachmittag, die Sonne schien durch die Fenster, doch Baby Ralph war still. Zu still, wie die Mutter bemerkte, und das war niemals ein gutes Zeichen. In der Küche, zwischen Gläsern und Flaschen, stand Ralph, sein Blick auf ein kleines, dunkles Fläschchen gerichtet. „Was ist das?" fragte er sich laut, „Vielleicht ein Zaubertrank?" Mit seiner kleinen Hand griff er danach, drehte den Deckel auf, und schnupperte vorsichtig. „Riecht seltsam," murmelte er, „aber ich bin Ralph – ich probiere alles!" Ein Schluck, dann zwei, das Gesicht verzog sich, doch Ralph hielt durch. „Schmeckt komisch," sagte er, „aber ich fühle mich wie ein Held."

Zuerst passierte nichts, doch dann, ein leises Grollen in der Tiefe, wie ein Vulkan, der erwacht. Die Mutter kam hereingestürmt. „Ralph! Was hast du getan?" Ralph grinste, doch nur für einen Moment, denn plötzlich ging alles ganz schnell. Die Windel spannte, die Atmosphäre veränderte sich. Der Hund floh, die Katze sprang aufs Regal.
„Das Fläschchen war kein Zaubertrank," murmelte die Mutter, „es war Rizinusöl!" Doch Ralph, trotz seiner neuen, explosiven Lage, lachte laut. „Das ist besser als jede Rakete!" rief er, während die Eltern versuchten, die Situation zu retten. Die Windel, nun ein Monument der Katastrophe, wurde feierlich entsorgt. Am Abend, erschöpft, aber unbeeindruckt, flüsterte Ralph leise: „Vielleicht war es kein Zaubertrank, aber ein Abenteuer war es trotzdem."

Ralph hat eine Verehrerin

Es begann an einem sonnigen Tag, auf dem Spielplatz, zwischen Sandkasten und Schaukel. Baby Ralph, wie immer im Zentrum des Chaos, baute eine Burg – oder besser gesagt, ein Wrack.

Da stand sie plötzlich, mit Zöpfen und einem Lächeln, so strahlend wie die Sonne selbst. „Hallo," sagte sie schüchtern, „ich heiße Mia." Ralph blickte kurz auf, seine Hände voller Sand. „Ich bin Ralph," sagte er stolz, „König der Windeln und Herrscher der Sandburgen!" Mia kicherte, doch ihre Augen funkelten. „Du bist toll," sagte sie, „ich habe noch nie jemanden wie dich gesehen." Ralph grinste breit.

Von da an folgte Mia ihm überallhin. Als er Lametta über den Zaun warf, klatschte sie begeistert. Als er seine Windel als Fahne aufstellte, rief sie: „Das ist genial!"

Die Eltern flüsterten leise: „Ist das Liebe?" Doch Ralph, noch unbeeindruckt von der Romantik, nahm Mias Bewunderung wie selbstverständlich hin. Eines Tages brachte sie ihm ein Geschenk: Einen kleinen Eimer, voller Muscheln und Glitzer. „Für deine nächste Burg," sagte sie, und Ralph nickte gnädig.

Doch als Mia vorschlug, gemeinsam im Sand zu spielen, warf Ralph eine Schaufel hoch. „Ich arbeite allein!" rief er. Die Schaufel landete - direkt in Mias Haar. Tränen füllten ihre Augen, und sie rannte weg. Ralph blieb allein im Sand, sein Blick auf den glitzernden Eimer. „Vielleicht," murmelte er, „war das nicht mein bester Moment."

Am Abend, unter den Sternen, dachte Ralph nach. „Mia war nett," flüsterte er, „vielleicht brauche ich sie doch." Doch Mia war fort, und Ralph schwor sich: „Morgen baue ich die größte Burg, die je jemand gesehen hat - für sie."

Ralph kocht aus seinen Windeln Kaffee

Es war ein stiller Morgen, die Eltern schliefen noch, doch Baby Ralph war hellwach. Sein Blick fiel auf den Kaffeetisch, die Tassen leer, die Kanne kalt. „Die Welt braucht mich," dachte Ralph, „als Barista der besonderen Art." Er schlich in die Küche, seine Windel schwer wie immer, und griff nach dem Kochtopf. „Das ist mein Geheimrezept," flüsterte er, während er die Windel mit einer dramatischen Geste in das sprudelnde Wasser warf. Die Katze schnupperte, rannte dann panisch davon. Der Hund winselte leise, doch Ralph grinste nur. „Ein starker Duft," sagte er, „für starke Nerven." Als der Kaffee fertig war, füllte Ralph die Tassen. Ein

Tropfen fiel auf den Boden, und selbst das Parkett schien sich leicht zu wellen.

Die Eltern kamen herein, noch verschlafen. „Was riecht hier so… einzigartig?" fragte der Vater vorsichtig. „Mein Kaffee!" rief Ralph stolz, „Probiert ihn, er ist wie kein anderer!" Die Mutter nippte zuerst, ihre Augen weiteten sich, der Löffel fiel klirrend auf den Tisch. „Das ist… intensiv," murmelte sie, während der Vater nur noch schüttelte. Doch Ralph, unbeeindruckt, hob die Tasse wie ein König. „Meine Kreation wird die Welt verändern," sagte er, „oder zumindest diesen Morgen." Die Eltern schauten sich an, und während die Tassen langsam im Müll verschwanden, grinste Ralph zufrieden. „Ich wusste," dachte er, „meine Windeln können mehr, als die Welt versteht."

Die Kampfmittelbergung rückt an

Es begann mit einem Knall, der jedoch nicht in der Ferne lag, sondern in Baby Ralphs Windel. „Das ist keine gewöhnliche Ladung," murmelte der Vater besorgt, während der Geruch die Luft füllte.

Die Katze floh aufs Dach, der Hund grub sich in die Decke, und die Mutter stand mit der Windelzange wie ein General vor einer unerforschten Gefahr. „Das hier," sagte sie, „ist ein Fall für die Profis." Ein Anruf später war das Brummen von Motoren zu hören. Die Kampfmittelbergung rückte an, zwei Männer in Schutzanzügen betraten das Haus wie ein Schlachtfeld. „Das ist ernst," sagte der Erste, während der Zweite die Windel vorsichtig mit einer Zange aufhob. „Wir haben schon viele gesehen," fügte er hinzu, „aber so etwas noch nie."

Ralph saß mitten im Chaos, seine Hände klatschten, sein Lächeln unschuldig. „Ich habe es selbst gemacht," rief er stolz, „bin ich nicht ein Künstler?" Die Männer schüttelten die Köpfe, trugen die Windel in einen Sicherheitsbehälter und verließen das Haus unter den Blicken der staunenden Nachbarn. „Das war ein Meisterwerk," flüsterte einer von ihnen leise.

Am Abend saßen die Eltern erschöpft am Tisch, das Haus still, die Luft wieder klar. Ralph spielte zufrieden mit einem Bauklotz, als wäre nichts gewesen. „Er ist eine Naturgewalt," sagte der Vater, „aber eines Tages wird er Großes schaffen."

Die Rache der Windeln

Es begann in der Nacht, als alles still war, nur Baby Ralph schlief tief und fest, die Windel schief wie immer, aber diesmal… anders.

Im Korb lagen sie, die benutzten Windeln, still, doch voller Empörung. „Genug ist genug," murmelte eine leise, „wir sind mehr als nur Müll." Eine nach der anderen erhob sich, zog sich zusammen, blähte sich auf. „Wir waren Krieger," sagte die Älteste, „und jetzt sind wir Werkzeuge der Schmach."

Im Morgengrauen begann die Rebellion. Die erste Windel flog, traf die Katze, die schreiend durchs Wohnzimmer raste. Die zweite rollte sich ab und landete direkt im Kaffeebecher des Vaters. „Was ist hier los?" rief die Mutter, doch die Windeln schoben sich zusammen, wie eine Armee, vereint in ihrem Zorn. „Ihr werft uns weg," zischten sie, „aber wir werfen zurück." Ralph wachte auf, sein Gesicht voller Begeisterung. „Das ist ja toll!" rief er, „Windel-Schlacht!" Doch die Windeln ignorierten ihn, sie hatten Größeres im Sinn.

Die Familie floh aus dem Haus, während die Windeln es übernahmen. Aus dem Fenster ragte ein selbstgebauter Turm, aus Stoff und Klettverschluss, ein Symbol ihrer Rache. Am Abend wagte sich niemand hinein, doch Ralph saß im Garten, sein Lätzchen voller Kekskrümel. „Ihr seid meine Helden," flüsterte er. „Ich wusste, ihr könnt mehr als nur stinken." Die Windeln hörten ihn, ihre Rebellion langsam verebbend. Vielleicht, dachten sie, war Ralph doch ihr wahrer Verbündeter.

Ralph träumt von Fischtoph

In der stillen Nacht, unter dem weichen Mondschein, lag Ralph im Bett, die Windel frisch gewechselt, sein Schnuller wie ein Zepter. Seine Augen fielen zu, und die Welt veränderte sich. Er war plötzlich am Meer, das Wasser glitzerte wie tausend Sterne, und da war Fischtoph.

„Ralph," sagte der Fisch, „bist du gekommen, um mich wieder zu verspeisen?" Doch Ralph lachte nur, „Nein, Fischtoph, heute bin ich dein Freund." Gemeinsam schwammen sie, Ralph mit Flossen statt Füßen, die Wellen trugen sie hoch, wie Könige der Tiefe. „Du siehst aus wie ein kleiner Fisch-Kaiser," sagte Fischtoph grinsend.

Sie spielten mit leuchtenden Quallen, tanzten durch Korallengärten, und jagten Schildkröten, die Ralph „Wasser-Karussells" nannte. Fischtoph lachte, sein Glanz heller als je zuvor. Doch plötzlich wurde die See dunkel, eine riesige Möwe tauchte herab. „Das ist mein Meer!" rief sie, „Ihr habt hier nichts verloren!" Ralph packte eine Alge, warf sie wie eine Lanze, und die Möwe floh. „Du bist ein Held,", sagte Fischtoph leise, „vielleicht bist du doch mehr als nur Chaos." Ralph grinste: „Das wusste ich immer." Die Wellen trugen ihn zurück, die Sterne verblassten, und Ralph wachte auf. Die Windel war verrutscht, aber sein Lächeln war breit. „Fischtoph," murmelte er, „wir sehen uns wieder."

Ralph trifft Vogelbert, die listige Krähe

Es war ein windiger Morgen, Ralph saß im Sandkasten, seine Windel wie immer leicht schief, als plötzlich ein Schatten über ihn flog. „Wer bist du?" rief Ralph, sein kleiner Finger zeigte nach oben. Eine Krähe landete elegant auf dem Zaun, ihr Gefieder glänzend, ihre Augen voller List. „Man nennt mich Vogelbert," krächzte sie, „Meister der Tricks und König der Lüfte. Und du bist?" Ralph grinste breit. „Ich bin Ralph, Herrscher der Windelkunst und Schrecken aller Lebewesen." Vogelbert lachte laut.

„Ein Kind in Windeln?" sagte die Krähe spöttisch, „Was willst du schon ausrichten gegen einen Geist wie meinen?" Doch Ralphs Grinsen blieb. Er hob eine Windel, noch warm von seinem letzten Abenteuer. „Das hier," sagte Ralph, „ist mächtiger, als du denkst." Vogelbert zuckte mit den Flügeln, „Versuch dein Glück!" Mit einem gezielten Wurf flog die Windel durch die Luft, traf Vogelbert genau am Flügel. „Iiiiih!" krächzte die Krähe, „Was ist das für ein Fluch?" Ralph klatschte begeistert in die Hände. „Das ist meine Spezialität," sagte er stolz, „Windel-Bomben für jeden, der zu frech wird!" Vogelbert flatterte wild, versuchte, die Windel abzuschütteln. „Du bist kein Kind, du bist ein Dämon!" rief er, bevor er sich in die Lüfte erhob. Doch bevor er verschwand, drehte sich Vogelbert noch einmal um. „Wir sehen uns wieder, Ralph, aber beim nächsten Mal bin ich vorbereitet!" Ralph lachte laut. „Ich auch, Vogelbert. Ich auch."

Ralph und die sprechende Klopapierrolle

Es war ein entscheidender Tag im Hause Ralph. Die Eltern hatten beschlossen: „Heute geht's ans Töpfchen!" Doch Ralph, mit seiner schiefen Windel, sah das Töpfchen nur skeptisch an. „Das Ding sieht langweilig aus," murmelte er, „und es hat kein Gummibund wie meine Windel." Doch plötzlich sprach etwas: „Hallo, Ralph." Ralph drehte sich um. Da, auf dem Regal, lag die Klopapierrolle, ihre Ränder sauber, ihre Stimme glatt.

„Ich bin Rollo," sagte sie stolz, „und ich bin hier, um dir die Kunst des Töpfchens beizubringen." Ralph blinzelte. „Kunst?" fragte er. „Das sieht eher aus wie Arbeit." Rollo rollte ein Stück vor, wie ein Lehrer, der seine Schriften zeigt. „Das Töpfchen ist dein Thron, und ich bin dein treuer Begleiter. Zusammen sind wir unschlagbar." Doch Ralph grinste. „Ich bin der Meister der Windeln, und Windeln brauchen kein Töpfchen!" Er nahm Rollo, warf ihn in die Luft, und schon begann das Chaos.

Die Rolle flog, wickelte sich um den Hund, der in Panik durchs Haus rannte. „Ralph, hör auf!" rief die Mutter, doch Ralph lachte nur. „Rollo ist jetzt ein Rennfahrer!" rief er, als die Rolle hinter dem Hund herflatterte. Der Vater, mit einem Seufzen, versuchte, das Töpfchen zu retten, doch Ralph war schneller. Mit einem gezielten Schwung warf er das Töpfchen in die Luft. Es landete auf dem Tisch, direkt neben der Marmelade. „Ein Meisterwerk!" rief Ralph stolz.

Rollo, nun halb abgewickelt, murmelte leise: „Das war nicht mein Plan." Doch Ralph grinste nur. „Ich mag meine Windel. Das Töpfchen kann warten." Am Abend saßen die Eltern erschöpft auf der Couch. „Vielleicht lassen wir ihm noch Zeit," sagte die Mutter. Ralph, in seiner Windel, lächelte zufrieden.

Und irgendwo im Haus lag Rollo, eine Erinnerung an einen gescheiterten Plan und ein weiteres Ralph-Meisterwerk.

Ralph im Zirkus oder das braune Zelt

Es war ein großer Tag für Baby Ralph. Der Zirkus war in der Stadt, mit Löwen, Clowns und Akrobaten. „Das wird ein Abenteuer!" rief die Mutter, doch sie ahnte nicht, dass Ralph sein eigenes Spektakel plante.

In der Manege glitzerten die Lichter, die Trommel wirbelte, der Direktor begrüßte die Menge. „Und nun," rief er, „das größte Kunststück des Abends!"

Ralph, auf dem Schoß seines Vaters, sah fasziniert zu, doch sein Blick wanderte bald zum Zelt selbst. „So groß, so braun," murmelte er, „das erinnert mich an etwas…" Die Clowns warfen Bälle, die Löwen sprangen durch Reifen, doch Ralph hatte einen anderen Plan. Mit einem entschlossenen Blick griff er an seine Windel.

„Was machst du da?" flüsterte die Mutter. Doch es war zu spät. Ralph stand auf, warf die Windel wie eine Wurfgranate in die Manege.

Die Clowns erstarrten, die Löwen brüllten, und der Direktor starrte auf das Ding, das nun mitten in der Manege lag. „Was ist das?" rief er. Ralph, mit einem breiten Grinsen, hob die Hände in die Luft. „Das ist Kunst!" rief er stolz. Die Menge erstarrte, doch dann begann das Lachen.

„Das braune Zelt!" rief ein Clown, während die Trommel einen finalen Wirbel spielte. Der Direktor murmelte: „Das ist das Seltsamste, was ich je gesehen habe."

Am Ende des Abends, als die Familie das Zirkuszelt verließ, blickte Ralph noch einmal zurück. „Vielleicht," dachte er, „bin ich der wahre Star des Zirkus." Und irgendwo, unter den Glühbirnen des Zeltdaches, blieb Ralphs „Kunstwerk" als stille Erinnerung an einen unvergesslichen Abend.

Baby Ralph rettet die Familie

Es begann mit einem unerwarteten Besuch. Die Kollegin des Vaters, eine Frau mit einem Lächeln, das die Luft im Wohnzimmer erhitzte, stand plötzlich in der Tür. „Das ist Carla," sagte der Vater, etwas zu enthusiastisch. Die Mutter, ihr Blick so scharf wie ein Messer, murmelte: „Interessant." Baby Ralph, schmatzend auf der Couch, nahm die Szene aufmerksam wahr. „Da ist Ärger," dachte er, „und Ärger ist mein Spezialgebiet."

Am nächsten Morgen, während der Vater zur Arbeit ging, schnappte sich Ralph seinen Schnuller, zog seine Windel fester und schlich hinterher. Im Büro des Vaters angekommen, spähte Ralph um die Ecke. Da war Carla, ihr Lachen wie ein Glockenspiel, und der Vater, ein wenig zu nah an ihrer Seite.

Ralph grinste. „Zeit, einzugreifen," murmelte er. Er zog seine Windel ab, warf sie wie einen Bumerang. Mit einem leisen „Platsch" landete sie direkt auf Carlas Schreibtisch. „Was ist das?" rief Carla erschrocken, während der Vater hektisch rot wurde. „Das ist Ralph," sagte er. „Mein Sohn... mein sehr eigenwilliger Sohn."

Doch Ralph war nicht fertig. Er zog an der Kordel des Vorhangs, ließ einen Stapel Papier flattern, und drückte schließlich auf die Sprechanlage. „Mama, Papa macht Blödsinn mit Carla!" hallte es durch das ganze Büro.

Wenig später stürmte die Mutter herein, ihr Blick wie ein Gewitter. „Carla," sagte sie kühl, „Sie haben doch sicher genug zu tun." Carla packte ihre Tasche und verschwand schneller, als Ralph seine nächste Windel werfen konnte.

Zu Hause herrschte dicke Luft. Die Mutter funkelte den Vater an, der Vater schaute auf den Boden, und Ralph saß zufrieden im Sandkasten. Doch dann, als Ralph begann, die Katze mit Sand zu bewerfen, sahen die Eltern sich an. „Wir müssen zusammenhalten," sagte die Mutter, „oder Ralph zerstört uns beide."

Der Vater nickte. „Er ist unser größter Feind und unsere größte Aufgabe." Die Eltern schlossen Frieden, und Ralph, der heimlich zuhörte, grinste breit.

„Mission erfüllt," dachte er, „ich bin ein kleiner Held – und niemand wird es je verstehen."

Baby Ralphs Ausflug in die Hölle

Es war ein Tag voller Chaos. Baby Ralph hatte seine Windel wieder einmal in den unmöglichsten Orten verteilt: auf dem Esstisch, im Schuhschrank, und, warum auch immer, auf der Katze. Die Eltern, am Rande der Verzweiflung, schrien im Chor: „Ralph, wir verfluchen dich! Der Teufel soll dich holen!" Und genau das hörte der Teufel.

In der Nacht, als Ralph friedlich schlief, öffnete sich ein Spalt im Boden. Der Teufel, mit Hörnern und einem breiten Grinsen, schlich heran. „Du kommst mit mir, kleiner Unruhestifter," zischte er, während er Ralph sanft aufhob. Doch Ralph blinzelte nur, seine Windel rutschte leicht. „Was riecht hier so?" murmelte der Teufel.

In der Hölle angekommen, erhob sich ein bekanntes Glitzern aus der Lava. „Fischtoph!" rief Ralph begeistert, „Du bist auch hier!" Fischtoph seufzte. „Ja, Ralph, und ich rate dir: Mach keinen Ärger. Hier ist es gefährlich." Doch Ralph grinste nur. Mit einem gezielten Schwung warf er eine Lavaschale um, schmierte den Gestank seiner Windel über die Feuerwände und ließ einen Dämon über seine Flossen stolpern.

Die Hölle tobte. Der Teufel raufte sich die Haare. „Was ist das für ein Kind?" brüllte er, „Er zerstört die Ordnung!" Selbst Fischtoph, der sich in einer Lavaecke verstecken wollte, wurde nicht verschont. „Fischige Fische gehören in meine Windel!" rief Ralph, während er versuchte, Fischtoph mit einem glühenden Stock zu fangen. Nach einem Tag voller Chaos, Gestank und Geschrei rief der Teufel schließlich: „Genug! Dieses Kind gehört nicht hierher!" Er öffnete ein Portal und warf Ralph zurück ins Kinderzimmer. Die Eltern, die gerade einen Moment der Ruhe genossen hatten, sahen Ralph plötzlich wieder vor sich. „Warum... bist du zurück?" fragte die Mutter entsetzt.

Ralph grinste breit. „Die Hölle war zu heiß für mich," sagte er, „und ich glaube, der Teufel mag mich nicht." Die Eltern schauten sich an, ratlos und erschöpft. „Vielleicht," murmelte der Vater, „ist Ralph doch unsere Strafe." Die Mutter nickte. „Aber auch unsere Aufgabe." Und Ralph, zufrieden mit seinem neuesten Abenteuer, legte sich zurück und träumte von neuen Katastrophen.

Ralphs zünftiges Mahl

Es war ein großer Tag für Baby Ralph. „Heute bin ich der Koch," verkündete er stolz, seine Windel wie immer schief, der Latz wie ein Küchenchef-Hut gebunden. Die Gäste – Oma, Opa, die Nachbarn und die Eltern – waren eingeladen zu einem „Ralph-Spezial." Die Küche wurde Ralphs Reich. Mit kleinen Händen zog er Zutaten hervor, die niemand je in einem Rezept vermutet hätte: ein halbes Glas Marmelade, eine Windel (gebraucht, natürlich), Lametta, und das übriggebliebene Katzenfutter.

„Das wird ein Festmahl!" rief Ralph, während er die Marmelade mit einem Löffel auf den Esstisch schmierte. „Das ist die Grundlage, eine süße Note für den Anfang." Der nächste Schritt: Windel-Inspiration. Er warf die Windel in den großen Suppentopf, kippte einen Schluck Limonade dazu und rührte eifrig mit dem Kochlöffel, der schon seine besten Tage gesehen hatte.

Die Nachbarn schauten besorgt. „Das riecht... interessant," murmelte Frau Müller, während Opa schniefend meinte: „Das erinnert mich an meine Jugend." „Wartet ab," sagte Ralph, „das Beste kommt noch!" Er zerteilte das Lametta, warf es wie Gewürz in die Suppe und dekorierte das Ganze mit einer großzügigen Portion Katzenfutter.

Die Mutter wollte eingreifen, doch der Vater hielt sie zurück. „Lass ihn," flüsterte er, „es könnte schlimmer sein." Doch das war ein Irrtum. Als Ralph das Essen servierte, stand die Luft im Raum. Die Windel-Suppe dampfte, die Marmelade zog sich in langen Fäden, und das Lametta glitzerte wie ein bösartiger Sternenhimmel.

„Na dann," sagte Opa tapfer, hob den Löffel, und nahm den ersten Bissen. Ein Moment der Stille, dann ein Röcheln. „Das… ist ein Erlebnis," krächzte er, während Oma nur stumm nickte. Die Nachbarn flohen höflich, die Eltern schauten sich an, und Ralph grinste breit. „Ich bin ein Meisterkoch!" rief er stolz. Am Abend, als die Küche noch immer roch, die Gäste verstummt davonzogen, saß Ralph zufrieden in seinem Hochstuhl. „Das war

ein Erfolg," murmelte er, „nächstes Mal nehme ich mehr Katzenfutter." Die Eltern, müde und resigniert, wussten nur eines sicher: Mit Ralph würde es nie langweilig werden.

Baby Ralph entführt die Katze

Es war ein friedlicher Morgen, die Sonne schien, die Eltern tranken Kaffee, und die Katze schlief auf ihrem Lieblingskissen. Doch Ralph, mit einem Blick, der Abenteuer versprach, hatte andere Pläne. „Du bist jetzt meine Geisel," flüsterte Ralph, während er sich langsam der Katze näherte. Seine Windel raschelte leise, sein Lächeln voller Unheil. Die Katze blinzelte verschlafen, doch bevor sie reagieren konnte, griff Ralph zu. Mit erstaunlicher Geschwindigkeit hob er sie hoch, ihre Pfoten zappelten in der Luft.

„Wo ist die Lösegeldkiste?" murmelte Ralph, „Ich brauche Kekse!" Die Katze, normalerweise eine Meisterin der Flucht, war zu perplex, um sich zu wehren. Ralph zog sich zurück in sein Versteck: eine Burg aus Kissen und Decken, mit einem Schild davor: „Betreten verboten – außer mit Keksen!"

Die Eltern bemerkten die Abwesenheit der Katze. „Wo ist Minka?" fragte die Mutter besorgt. „Wahrscheinlich bei Ralph," murmelte der Vater, schon ahnend, dass Chaos bevorstand. In der Burg saß Ralph triumphierend. „Du bist meine Geisel," erklärte er der Katze, „und wenn die Eltern keine Kekse bringen, bleibst du hier für immer."

Die Katze, nun etwas genervt, schlug mit der Pfote nach Ralphs Lätzchen. Doch Ralph lachte nur. „Du bist lustig," sagte er, „aber ich bin der Chef."

Die Eltern fanden die Burg schließlich, hörten Ralphs Forderungen und sahen die Katze, die resigniert auf einem Kissen lag. „Ralph," sagte die Mutter, „lass die Katze frei." „Nur gegen Kekse!" rief Ralph. Der Vater, zu müde für Verhandlungen, holte eine Packung. „Hier sind deine Kekse, Ralph. Jetzt lass die Katze gehen." Ralph grinste, nahm die Kekse und hob die Decke der Burg. „Du bist frei, Minka," sagte er gönnerhaft. Die Katze floh ohne einen Blick zurück.

Am Abend saß Ralph, mit Krümeln im Gesicht, zufrieden auf dem Boden. „Ich bin ein guter Entführer," murmelte er, „aber nächstes Mal nehme ich den Hund."

Die Eltern, erschöpft, tauschten einen Blick. „Minka wird uns das nie verzeihen," flüsterte die Mutter. Doch der Vater seufzte nur: „Das war noch harmlos – für Ralph."

Ralph und Vogelbert: Ein Spaziergang mit Unglück

Es war ein sonniger Tag, perfekt für einen Spaziergang. Baby Ralph, mit seiner schiefen Windel, und Vogelbert, die listige Krähe, zogen los, durch Wälder und Wiesen, auf der Suche nach Abenteuer.

„Was machen wir heute?" fragte Vogelbert, während er elegant über Ralphs Kopf flog. „Vielleicht einen Baum fällen?" „Nein," murmelte Ralph, „heute denke ich an Fischtoph."
„Fischtoph?" krächzte Vogelbert, „Dieser überhebliche Fisch? Was macht er in deinem Kopf?" Ralph schaute nachdenklich auf den Weg. „Er war ein großer Fisch, und ich... habe ihn gegessen." Vogelbert lachte laut. „Das klingt nach dir, Ralph! Ein Fisch und eine Windel – dein Lebensmotto." Doch Ralph war still, seine Gedanken bei seinem alten Freund. Plötzlich, ein lautes Grollen. Nicht vom Himmel, sondern aus Ralphs Bauch. „Ähm... Vogelbert?" fragte Ralph leise, „Was war das?"

„Das klingt nach Ärger," antwortete Vogelbert, und bevor er den Satz beenden konnte, geschah es: Ein deftiges Unglück, das die Luft erfüllte, und die Welt für einen Moment zum Stillstand brachte. Ralphs Windel, bis an ihre Grenzen belastet, gab auf. Ein Schwall von Chaos breitete sich aus.

Vogelbert flatterte panisch. „Was zur Hölle, Ralph? Das ist nicht normal!" Der Gestank kroch durch den Wald, die Vögel flohen, die Tiere verstummten. „Das ist... Fischtophs Rache," murmelte Ralph, während er mitten im Unglück stand.

„Du bist einfach untragbar!" krächzte Vogelbert, „Ich bin raus!" Er flog auf einen Ast, so weit weg wie möglich. Doch Ralph grinste. „Das war... episch." Am Abend, zurück zu Hause, wurden Ralph und seine Windel mit äußerster Vorsicht behandelt. Die Eltern schüttelten nur die Köpfe. „Wie schafft er das?" fragte die Mutter. „Ralph ist ein Naturtalent," antwortete der Vater seufzend. Vogelbert, noch immer in sicherer Entfernung, schaute durch das Fenster. „Ich habe vieles erlebt," murmelte er, „aber Ralph ist eine Klasse für sich."

Baby Ralph und das Käse-Dinner

Es war ein ruhiger Nachmittag, die Sonne schien, die Eltern gönnten sich eine Pause, doch Ralph, allein und voller Einfälle, erkundete seine Welt. Da lag ein reifer, stinkender Käse. „Interessant," murmelte Ralph, „das ist vielleicht ein neuer Snack."

Er hob ihn auf, wie ein Gourmet, der eine edle Wurst begutachtet. Mit einem prüfenden Blick und einem entschlossenen Grinsen nahm er den ersten Bissen. Der Geschmack war – einzigartig. „Nicht schlecht," murmelte Ralph, „irgendwie würzig." Doch was Ralph nicht wusste: Dieses Dinner hatte Konsequenzen.

Zuerst kam ein leises Gurgeln, tief in seinem Bauch. Dann ein lautes Grummeln, wie ein Donner vor dem Sturm. Die Eltern, alarmiert, schauten zur Tür.

„Was macht Ralph da?" fragte die Mutter. „Nichts Gutes," antwortete der Vater, doch bevor sie Ralph erreichten, war es zu spät. Ein Unglück brach los, so schlimm, dass die Katze vom Sofa sprang, der Hund sich unter den Tisch verkroch, und die Luft sich mit einer nie dagewesenen Aura füllte.

„Was… ist das?" schrie die Mutter. Ralph, unbeeindruckt, klopfte sich zufrieden auf den Bauch. „Das war mein Meisterwerk," sagte er stolz, „Windel à la Ralph."

Die Eltern waren sprachlos. Die Küche war ein Schlachtfeld, der Geruch unbeschreiblich. „Wir müssen ihn zurückgeben," murmelte der Vater. „Zurück wohin?" fragte die Mutter verzweifelt.

Am Abend, nach einer gründlichen Reinigung und einem Schwur, Käse niemals wieder unbeaufsichtigt liegen zu lassen, lag Ralph zufrieden im Bett.

„Ich bin ein Entdecker," flüsterte er sich selbst zu, „und morgen finde ich noch mehr Abenteuer." Die Eltern, erschöpft, lauschten vom Flur aus. „Wir brauchen Urlaub," sagte der Vater.

Doch Ralph träumte schon von seinem nächsten großen Experiment.

Baby Ralph verweigert das Trinkgeld

Es war ein besonderer Abend, die Familie saß im Restaurant, Baby Ralph im Hochstuhl, seine Windel festgezurrt, sein Blick wachsam wie immer.

Der Kellner brachte das Essen, ein Teller nach dem anderen. „Was für ein Service!" sagte der Vater zufrieden, doch Ralph musterte den Mann mit schmalen Augen. Am Ende des Abends, als die Rechnung kam, legte der Vater ein paar Münzen auf den Tisch. „Das ist für den Kellner," sagte er, „als Dankeschön."

Doch Ralph griff schnell zu. Mit seinen kleinen Händen sammelte er das Trinkgeld ein und stopfte es entschlossen in seine Hosentasche – oder besser gesagt, in die Windel. „Ralph!" rief die Mutter entsetzt. „Das gehört nicht dir!" Doch Ralph grinste nur. „Ich war doch auch brav," sagte er, „und ich habe Hunger gelitten." Der Kellner, höflich wie immer, trat näher. „Ist alles in Ordnung?" fragte er. Doch bevor die Eltern etwas sagen konnten, warf Ralph die Windel mit dem versteckten Trinkgeld auf den Tisch.

„Hier!" rief er, „Das ist mein Beitrag!" Die Münzen klirrten, der Geruch stieg auf, und der Kellner trat sofort einen Schritt zurück.

„Ich glaube, das ist genug," murmelte der Mann, während die Eltern im Boden versinken wollten. „Ralph, du bist unmöglich," zischte die Mutter.

Doch Ralph, stolz wie ein König, legte die Arme verschränkt. „Kein Trinkgeld für den Kellner, wenn ich das Trinkgeld bin!"

Am Ende verließen sie das Restaurant, die Eltern mit roten Gesichtern, der Kellner mit einer Geschichte für die Ewigkeit, und Ralph, zufrieden und fest entschlossen, beim nächsten Mal wieder Chef der Finanzen zu sein.

Baby Ralphs einjähriger Geburtstag in der Cocktailbar

Die Sonne schien hell, ein besonderer Tag war angebrochen: Baby Ralph wurde ein Jahr alt! Die Eltern hatten eine ungewöhnliche Idee, um den Anlass zu feiern. „Warum nicht in der Cocktailbar?" fragte der Vater. „Er ist ja noch zu jung zum Trinken," fügte die Mutter hinzu, „aber für Chaos ist er alt genug."

Die Gäste versammelten sich: der Hund mit einer Partyhüte, die Katze mit einem schiefen Schleifchen, und natürlich Vogelbert, der sich auf einem Barhocker niederließ und nach Oliven verlangte. Über der Theke hing ein Bild von Fischtoph, Ralphs einstigem Fisch-Freund. „Zur Erinnerung an ein großes Abenteuer," murmelte Ralph, während er eine Limette von der Theke klaute und hineinbiss.

Die Barkeeperin, die von dem ungewöhnlichen Geburtstag noch nichts wusste, brachte eine Runde bunte Cocktails. „Das hier ist für die Erwachsenen," sagte sie lächelnd, doch Ralph griff sofort zu. Mit einem Löffel aus Plastik rührte er in den Gläsern, schüttete die Hälfte in eine leere Schüssel und fügte – natürlich – den Inhalt seiner Windel hinzu.

„Das ist mein Geburtstagsdrink!" rief Ralph stolz. Die Gäste starrten auf die seltsame Mischung. Vogelbert krächzte: „Das ist keine Kunst, das ist ein Verbrechen!" Der Hund schnüffelte vorsichtig, die Katze sprang auf die Theke und zog den Schwanz ein. Ralph, unbeeindruckt, prostete dem Bild von Fischtoph zu. „Auf dich, alter Freund," sagte er, „deine Inspiration lebt weiter."

Die Eltern, die den Moment zu spät bemerkten, konnten nur noch zusehen, wie Ralph den Drink über den Tisch kippte. Die Bar verwandelte sich in ein Schlachtfeld. „Das war... intensiv," murmelte die Barkeeperin, während Vogelbert sich eilig in die Luft erhob. „Ralph," sagte die Mutter streng, „das war dein erster und letzter Geburtstag in einer Cocktailbar."

Doch Ralph grinste nur, den Mund voller Keksreste. „Das war der beste Tag meines Lebens," sagte er, „und nächstes Jahr wird es noch besser!"

Baby Ralph und das Wasserwerks-Desaster

Es begann an einem unscheinbaren Morgen. Baby Ralph, mit seiner schiefen Windel und einem Blick voller Ideen, beschloss, die Welt zu verändern – auf seine ganz eigene Art. Er saß im Kinderwagen, während die Eltern durch die Stadt spazierten. Da sah er es: das örtliche Wasserwerk. „Interessant," murmelte Ralph, „was die wohl da drinnen machen?"

Mit einem Trick – einem gezielten Wurf seines Schnullers – lenkte er die Eltern ab. Ralph nutzte den Moment, kletterte aus dem Wagen und schlich ins Wasserwerk.

Die großen Maschinen surrten, die Filter glitzerten im Licht. „Das sind ja langweilige Röhren," dachte Ralph, „die könnte ich verbessern." In einer Ecke fand er einen Stapel Filter, sauber und bereit für den Einsatz. Doch Ralph, immer mit seiner Windel im Mittelpunkt, hatte eine andere Idee.

Er zog seine Windel ab, tauschte sie gegen die Filter aus und setzte alles wieder zusammen. „Jetzt ist das Wasser würziger," flüsterte er zufrieden. Zurück bei den Eltern grinste Ralph breit. Doch am nächsten Morgen begann das Chaos.

Die Menschen in der Stadt drehten die Wasserhähne auf, nur um einen seltsamen, schlammigen Strom zu sehen. Der Geruch war unbeschreiblich.

„Was ist hier los?" riefen sie. Die Wasserwerks-Mitarbeiter standen ratlos vor den Maschinen, bis jemand eine der „Filter" entdeckte. „Das... ist
eine Windel!" schrie er.

Die Stadt versank im Elend. Die Duschen wurden unbenutzbar, die Kaffee-
maschinen spuckten braune Brühe, und selbst die Blumen im Park begannen
zu welken.

Die Eltern bemerkten Ralphs breites Grinsen und ahnten sofort das
Schlimmste. „Was hast du getan?" fragte die Mutter. „Ich habe das Was-
ser besser gemacht!" sagte Ralph stolz. Ein Einsatzteam rückte an, um die
Windeln zu entfernen. Es dauerte Tage, bis das Wasser wieder klar war.

Am Abend saß Ralph, zufrieden in seinem Hochstuhl. „Das war mein Meisterwerk," murmelte er, „nächstes Mal probiere ich es mit Limonade."

Die Eltern, erschöpft und ratlos, konnten nur noch seufzen. „Ralph," sagte
der Vater, „du bist eine Naturkatastrophe in Windeln."

Baby Ralphs großer Banküberfall

Es war ein ruhiger Nachmittag in der Stadt, doch Baby Ralph, mit seiner schiefen Windel und einem Plan, hatte anderes im Sinn. „Fischtoph braucht ein Denkmal," sagte er entschlossen, „und dafür brauchen wir Geld!"

Seine Gang – Vogelbert, die listige Krähe, der Hund, ein tapsiger Mitstreiter, und die Katze, zögernd, aber neugierig – war bereit. „Sind wir sicher, dass das klappt?" fragte Vogelbert skeptisch. „Natürlich," sagte Ralph, „ich habe einen Plan!"

Die Bank stand mächtig und groß, doch Ralph schritt ohne Furcht voran. Seine Gang folgte ihm, mehr oder weniger überzeugt. „Achtung, Achtung!" rief Ralph, als er die Tür aufstieß, „das ist ein Überfall!" Die Bankangestellten sahen auf, erst verwirrt, dann entsetzt, als Ralph seine Windel schwang wie eine Flagge des Chaos.

„Gebt uns das Geld!" krächzte Vogelbert, der auf den Tresen flog und mit den Flügeln wedelte. „Für Fischtoph!" Die Katze sprang auf den Boden, fauchte die Sicherheitskamera an, während der Hund brav mit der Zunge ein Schokoladencroissant leckte, das jemand vergessen hatte.

„Das ist kein Spiel!" rief Ralph, „Das ist für die Kunst!" Er kletterte auf den Tresen, warf ein paar Kugelschreiber um und zeigte auf den Safe.

„Dort drin ist unser Denkmal versteckt!" Die Bankangestellten, zu perplex, um einzugreifen, sahen zu, wie Ralph die Knöpfe des Tresors drückte, natürlich völlig planlos. „Warum geht das Ding nicht auf?" fragte er genervt.

Doch bevor die Polizei eintraf, warf Ralph seine Windel, traf den Alarm, und das Chaos brach aus.

Die Katze fauchte, der Hund bellte, Vogelbert flatterte wild umher. Die Bankangestellten flüchteten, während Ralph grinsend rief: „Das ist nur der Anfang!" Am Ende wurde Ralph geschnappt, natürlich ohne Konsequenzen, denn wer würde ein Baby verantwortlich machen? „Das Denkmal kommt trotzdem," murmelte er, „irgendwie."

Die Eltern holten ihn aus der Bank, ihre Gesichter rot vor Scham. „Du bist unmöglich," sagte die Mutter. „Aber kreativ," fügte der Vater hinzu. Ralph, zufrieden mit seinem Abenteuer, sah seine Gang an. „Nächstes Mal," flüsterte er, „machen wir's richtig."

Ralph im Kino

Es war ein besonderer Abend: Die Eltern beschlossen, Baby Ralph mit ins Kino zu nehmen. „Das wird spannend," sagte der Vater optimistisch. „Das wird eine Katastrophe," murmelte die Mutter, doch Ralph, seine Windel festgezurrt, war bereit für das Abenteuer.

Im Kino war es dunkel, die Leinwand groß und hell. „Das ist gigantisch!" flüsterte Ralph, während er sich an der Popcorntüte zu schaffen machte. Die ersten Körner flogen bereits über die Köpfe der anderen Zuschauer. „Ralph, sitz still," sagte die Mutter, doch Ralph hatte andere Pläne. Er zog an seinem Lätzchen, warf einen Schluck Cola über die Lehne, und rief: „Das ist wie im Fernsehen, nur größer!"

Der Film begann, eine dramatische Szene, doch Ralph klatschte laut, als der Bösewicht erschien. „Der sieht aus wie Vogelbert!" rief er, und das Publikum drehte sich murmelnd um. Nach einer Weile wurde Ralph unruhig. „Mir ist langweilig," sagte er, „ich mach den Film besser!" Mit einem ent-schlossenen Griff kletterte er auf den Sitz und schwang seine Windel wie eine Fahne.

„Action!" schrie er, warf Popcorn in alle Richtungen, und zog dabei das Handy eines Nachbarn aus der Tasche, das nun blinkend in den Gang fiel. „Das gehört zur Show!" verkündete Ralph stolz.

Die Eltern versuchten, ihn zu beruhigen, doch Ralph war nicht aufzuhalten. „Das hier ist mein Kino!" rief er, während er die Cola über den Boden kippte und dabei fröhlich in die Hände klatschte. Am Höhepunkt des Films, als die Musik anschwoll und das Publikum gespannt war, ließ Ralph ein Geräusch los – eines, das nur ein echtes Ralph-Meisterwerk sein konnte. Die Windel war bereit, doch die Eltern nicht.

Das Publikum stöhnte, die Nachbarn rutschten unruhig auf ihren Sitzen, und die Mutter flüsterte: „Das war unser letzter Kinobesuch… für immer." Am Ende des Films saß Ralph zufrieden im Hochstuhl, seine Windel erneuert, sein Grinsen breiter denn je. „Das war lustig," murmelte er, „aber nächstes Mal mache ich den ganzen Film selbst."

Ralph in der Bäckerei

Es war ein sonniger Morgen, die Eltern beschlossen, Baby Ralph mitzunehmen in die kleine Bäckerei um die Ecke. „Vielleicht benimmt er sich ja," sagte der Vater hoffnungsvoll. Die Mutter schnaubte nur: „Ralph? Niemals." In der Bäckerei duftete es herrlich nach frischen Brötchen und warmem Kuchen. Ralph, in seinem Kinderwagen, schnupperte aufgeregt. „Das hier ist ein Paradies," murmelte er, „und ich bin der Herrscher."

Kaum war er aus dem Wagen, schlich Ralph los. Mit einem gezielten Griff packte er ein Croissant und biss hinein, bevor jemand etwas sagen konnte. „Hey!" rief die Verkäuferin, „Das musst du bezahlen!" Ralph grinste nur, die Hälfte des Croissants fiel auf den Boden. „Ich bin ein Tester," sagte er stolz, „und das ist nicht schlecht." Während die Eltern versuchten, die Verkäuferin zu beruhigen, hatte Ralph bereits den Marmorkuchen entdeckt. Mit beiden Händen griff er hinein, der Schokoladenüberzug schmierte sich über sein Gesicht.

„Ralph, hör auf!" rief die Mutter, doch Ralph lachte nur. „Das ist Kunst," erklärte er, während er die Katze des Ladens mit Krümeln bewarf. Die Verkäuferin, nun sichtlich genervt, stellte sich vor Ralph. „Das reicht," sagte sie streng, „hier wird nichts mehr angefasst!" Doch Ralph hatte einen Plan. Mit einem gezielten Schwung warf er seine Windel auf den Tresen. „Das hier ist mein Gutschein," rief er, „für alles, was ich will!" Die Bäckerei verstummte, die Kunden starrten, und die Verkäuferin hielt sich die Nase zu. „Raus!" rief sie schließlich. „Ihr alle – raus!" Am Ende des Morgens, zu Hause, saß Ralph zufrieden mit einem Brötchen in der Hand. „Das war ein Erfolg," sagte er, „aber beim nächsten Mal nehme ich den ganzen Kuchen."

Die Eltern, erschöpft und ratlos, blickten sich an. „Nie wieder," flüsterte die Mutter. Doch der Vater schüttelte den Kopf: „Das haben wir schon einmal gesagt."

Ralph füttert die Enten im Park

Es war ein idyllischer Morgen, die Sonne glitzerte auf dem Teich, und die Enten schwammen fröhlich. Die Eltern hatten beschlossen, mit Baby Ralph einen Spaziergang im Park zu machen. „Hier," sagte die Mutter, „ein Stück Brot für die Enten." Ralph nahm das Brot, schaute es misstrauisch an und murmelte: „Warum sollen die Enten essen, was ich auch essen könnte?"

Er biss ein großes Stück ab, kaute genüsslich, während die Enten wartend zusahen. „Teilen, Ralph," sagte der Vater. Ralph grinste. „Na gut." Mit einem kräftigen Schwung warf Ralph das restliche Brot direkt ins Wasser, doch die Enten kamen nicht einmal dazu, es zu erreichen, denn Ralph hatte schon eine neue Idee.

„Enten essen doch bestimmt auch mehr," murmelte er, während er seine Windel mit einer dramatischen Geste abnahm. „Hier, Enten! Ein Festmahl!"

Die Eltern, zu spät bemerkt, schrien: „Nein, Ralph!" Doch die Windel landete mit einem lauten „Platsch" im Teich. Die Enten, zuerst neugierig, schwammen nah heran. Doch als sie den Inhalt erkannten, quakten sie panisch und flohen in alle Richtungen. Ein Mann auf einer Bank sah das Spektakel und murmelte: „Das ist... verstörend."

Die Eltern waren entsetzt. „Ralph," sagte die Mutter streng, „du kannst nicht alles wegwerfen!" Doch Ralph, mit einem breiten Grinsen, klatschte in die Hände. „Die Enten fanden es lustig!" Die Parkwächter kamen, mit besorgten Blicken, und fischten die Windel aus dem Wasser. „Das hier," sagte einer, „ist ein biologisches Verbrechen."

Am Ende des Tages saß Ralph zufrieden im Kinderwagen. „Enten sind lustig," sagte er, „aber ich glaube, sie mögen mein Essen nicht." Die Eltern, erschöpft und peinlich berührt, schworen, nie wieder Enten zu füttern – zumindest nicht mit Ralph.

Ralph hilft in der Großküche

Es war ein ungewöhnlicher Tag: Die Eltern hatten Ralph in die Großküche eines Restaurants mitgenommen. „Vielleicht lernt er etwas," sagte der Vater hoffnungsvoll. „Vielleicht bringt er alles durcheinander," murmelte die Mutter, doch Ralph, mit seiner schiefen Windel und einem Lätzchen voller Tatendrang, war bereit. Der Küchenchef, ein großer Mann mit einer weißen Mütze, schaute skeptisch auf Ralph. „Was soll er hier machen?" fragte er. „Zusehen?" sagte die Mutter. „Mithelfen!" rief Ralph stolz. Kaum hatten sie ihm einen kleinen Kochlöffel gegeben, begann Ralph sein Werk. Er rührte in einem Topf mit Suppe, doch anstatt Gewürze hinzuzufügen, warf

er einen Löffel Spaghetti hinein, dann ein Stück Butter, dann – natürlich –
seine Windel.

„Was tust du da?" rief der Küchenchef entsetzt, als er die Windel in der
Suppe entdeckte. Ralph grinste. „Ich mache sie besser!" Die Küchenhilfen
hielten sich die Nase zu, die Suppe wurde eilig entsorgt. Doch Ralph war
noch nicht fertig. Er fand eine Schüssel mit rohem Teig, warf eine Handvoll Mehl in die Luft, die wie Schnee über die ganze Küche rieselte.
„Schaut, es schneit!" rief er begeistert. Die Katze, die zur Großküche ge-
hörte, flüchtete unter den Herd.

Als nächstes entdeckte Ralph den großen Kühlschrank. „Hier sind Schätze
versteckt!" murmelte er, bevor er einen Becher Sahne öffnete und sie
über den Boden goss. „Das ist für die Rutschbahn!" Der Küchenchef warf
die Hände in die Luft. „Ich gebe auf!" rief er, „Dieser Junge ist ein Wirbelwind!" Die Eltern versuchten, Ralph zu stoppen, doch es war zu spät.
Zum Höhepunkt seines Abenteuers zog Ralph eine große Schüssel Obst auf
den Boden, setzte sich hinein, und verkündete: „Ich bin der Obstkönig!"

Am Ende des Tages, als die Küche gereinigt und der Küchenchef halb wahnsinnig war, saß Ralph zufrieden auf einem Hocker. „Kochen ist lustig," sagte
er, „morgen mache ich Nachtisch!" Die Eltern, rot vor Scham, zogen ihn
schnell aus der Küche. „Das war das erste und letzte Mal," sagte die Mutter. Doch Ralph grinste. „Ich bin ein Meisterkoch," flüsterte er,
„die Welt hat es nur noch nicht erkannt."

Ralphs heimliches Windel-Endlager

Es war ein düsterer, kühler Abend, als die Eltern bemerkten, dass Baby Ralph immer wieder heimlich in den Keller schlich. „Was macht er da?" fragte die Mutter. „Wahrscheinlich wieder Unsinn," murmelte der Vater. Doch niemand ahnte, welches Chaos Ralph bereits angerichtet hatte.

Im Keller, zwischen alten Kisten und staubigen Regalen, hatte Ralph sein Meisterwerk geschaffen: Ein Endlager für seine alten Windeln. „Niemand wird es finden," flüsterte er, während er eine weitere wohlgefüllte Windel auf den Haufen warf. Die Windeln türmten sich, ein Berg des Unaussprech-lichen, der nicht nur stank, sondern langsam, unmerklich, seinen eigenen Lebenszyklus entwickelte.

Bakterien, angezogen von Ralphs „Sammlung," entwickelten sich zu etwas Neuem, etwas Gefährlichem. Ein Virus, so hartnäckig wie Ralph selbst, wuchs und wucherte im Zentrum des Endlagers. Der Geruch stieg langsam durch die Dielen des Hauses, bis die Mutter eines Tages sagte: „Was ist das hier für ein Gestank?" Der Vater öffnete die Kellertür, nur um sofort zurückzuweichen. „Das ist keine normale Luft," murmelte er, „das ist… Ralph!" Die Eltern folgten dem Geruch, bis sie den Haufen sahen. „Ralph!" schrie die Mutter, „Was hast du getan?" Doch Ralph, stolz wie immer, stand daneben und sagte: „Das ist mein Museum." Doch plötzlich begann der Haufen zu beben. Ein kleines, schleimiges Wesen stieg aus der Mitte hervor.

„Was ist das?" flüsterte der Vater, doch bevor jemand reagieren konnte, fauchte das Wesen und sprang auf das Regal. „Das ist mein Freund," sagte Ralph begeistert. „Ich nenne ihn Virulos!" Doch Virulos hatte andere Pläne. Er raste durch den Keller, spuckte Schleim auf die Wände, und der Gestank wurde unerträglich. Die Eltern riefen ein Spezialteam, doch selbst die Experten waren überfordert. „Das ist kein nor-

maler Kellerfund," murmelte einer, „das ist eine biologische Katastrophe." Am Ende wurde das Haus evakuiert, der Keller versiegelt, und Ralph, nun in frischen Windeln, schaute sich das Spektakel von draußen an. „Das war mein größtes Abenteuer," sagte er stolz. Die Eltern schauten ihn an, erschöpft und sprachlos. „Er ist eine Naturgewalt," sagte die Mutter schließlich. „Und wir sind seine Opfer," fügte der Vater hinzu. Doch Ralph grinste nur. „Virulos war cool," flüsterte er, „nächstes Mal baue ich ein Raumschiff."

Ralph und die Einbrecherbande

Es war eine ruhige Nacht, die Eltern schliefen, der Hund schnarchte, und die Katze träumte von Mäusen. Doch Baby Ralph, mit seiner schiefen Windel und seinem nie ruhenden Geist, war hellwach.

Plötzlich hörte er ein Geräusch. Ein leises Klirren, ein Flüstern, und dann Schritte. „Das klingt nicht nach Papa," murmelte Ralph, „das klingt nach Abenteuer." Leise kletterte er aus dem Bett, krabbelte Richtung Wohnzimmer, wo drei finstere Gestalten mit Taschenlampen und Masken nach Wertsachen suchten. „Das ist meine Chance," flüsterte Ralph, „ich zeige, wer hier der Boss ist."

Mit einem gezielten Griff holte er eine seiner schwersten Windeln hervor, bereit für den Kampf. Die Einbrecher hatten keine Ahnung, was sie erwartete. Der erste Einbrecher, der gerade das Silberbesteck einsteckte, bekam die Windel direkt ins Gesicht. „Was zum…?!" rief er, während der Gestank ihn zurücktaumeln ließ.

Der zweite, der den Fernseher abbauen wollte, wurde von Ralphs Spielzeugauto zu Fall gebracht. Er rutschte auf dem Teppich aus, fiel rückwärts gegen die Wand und blieb benommen liegen.

Der dritte Einbrecher, der Chef der Bande, sah Ralph direkt in die Augen. „Was bist du für ein Teufel?" rief er, während Ralph mit einem breiten Grinsen eine zweite Windel in der Hand schwang.

„Ich bin Ralph!" schrie er, warf die Windel, und traf den Einbrecher genau am Kopf. Der Mann stöhnte, stolperte und rannte zur Tür, die anderen beiden hinter ihm her.

Die Einbrecher flohen, ohne auch nur einen Cent mitzunehmen. Die Polizei, gerufen von den alarmierten Nachbarn, traf kurz darauf ein. „Was ist hier passiert?" fragte ein Polizist. Die Eltern, nun wach und verwirrt, sahen Ralph mitten im Chaos sitzen.

„Unser Sohn," sagte der Vater schließlich, „hat uns gerettet." Der Polizist lachte. „Das ist ja unglaublich. Ein Baby als Held!" Doch Ralph, mit einem Keks in der Hand, sah alles gelassen. „Ich wollte nur Spaß haben," murmelte er, „aber Held sein ist auch okay."

Am nächsten Tag stand Ralphs Bild in der Zeitung. Die Schlagzeile lautete: „Baby mit Windeln schlägt Einbrecher in die Flucht!" Doch Ralph, stolz wie immer, plante schon sein nächstes Abenteuer.

Ralphs spektakulärer Zug-Plan

Es war ein ruhiger Nachmittag, die Eltern hatten Baby Ralph in seinem Hochstuhl geparkt und sich einen Moment der Ruhe gegönnt. Doch Ralph, mit seiner schiefen Windel und dem Funken des Chaos in seinen Augen, hatte andere Pläne.

Während er aus dem Fenster blickte, sah er in der Ferne die Züge über die Schienen rollen. „So groß, so laut," murmelte er, „aber nicht spektakulär genug." Er grinste breit. „Ich werde einen Zug entgleisen lassen – wie im Film!" Ralph wartete den perfekten Moment ab. Als die Eltern kurz abgelenkt waren, kletterte er aus dem Hochstuhl und krabbelte Richtung Garten.
Von dort aus, mit einer unerschütterlichen Entschlossenheit, begann er seinen Weg zu den Bahngleisen. Er schob seinen Spielzeugwagen vor sich her, beladen mit seinen liebsten Chaos-Werkzeugen: eine volle Windel, ein Gummihammer, und, natürlich, einen Topf mit Marmelade.

Am Gleis angekommen, begann Ralph mit seiner „Arbeit". Er legte die Windel quer auf die Schienen. „Das wird rutschen wie Butter," murmelte er zufrieden. Dann verteilte er die Marmelade großzügig und klopfte mit dem Gummihammer auf die Gleise. „Jetzt wird's spannend."

Doch während Ralph stolz sein Werk betrachtete, hörte er in der Ferne das Rauschen eines Zuges. Die Lokomotive kam näher, und Ralph, plötzlich unsicher, fragte sich: „Was passiert, wenn es wirklich klappt?"In letzter Sekunde flog Vogelbert, die listige Krähe, herbei. „Ralph!" krächzte er, „Bist du verrückt? Das geht zu weit!" Doch Ralph grinste nur. „Chaos ist mein zweiter Vorname!"

Der Zug rollte über die Schienen, doch die Windel, statt ein Unglück zu verursachen, wurde einfach in die Luft geschleudert. Ein Passagier im Zugfenster sah das Ding vorbeifliegen und schrie: „Was war das?!"

Die Marmelade? Sie spritzte, doch die Lokomotive fuhr unbeirrt weiter. Ralph stand da, ein wenig enttäuscht, aber immer noch stolz. „Es war fast perfekt," murmelte er. Die Eltern fanden Ralph kurz darauf, verschmiert mit Marmelade und voller Grinsen. „Was hast du getan?" fragte die Mutter. „Ich wollte einen Film-Moment," sagte Ralph, „aber der Zug war zu stark."

Die Eltern seufzten, nahmen Ralph an die Hand und führten ihn zurück nach Hause. „Er wird uns irgendwann ins Gefängnis bringen," murmelte der Vater. Doch Ralph, nun mit neuen Ideen im Kopf, flüsterte: „Das nächste Mal nehme ich den Hund mit."

Ralph tapeziert

Es war ein ruhiger Vormittag, die Eltern hatten beschlossen, das Wohnzimmer zu renovieren. „Ein neuer Look," sagte die Mutter, „etwas Frisches und Helles." Der Vater nickte. „Aber Ralph darf diesmal nicht helfen."

Doch Ralph, der aus seinem Laufstall alles genau beobachtete, hatte andere Pläne. „Tapezieren," murmelte er, „das kann ich auch. Und besser!" Kaum waren die Eltern abgelenkt, schlüpfte Ralph aus seinem Laufstall, schnappte sich die Tapetenrolle und suchte nach dem Kleister. Er fand ihn, und natürlich musste die erste Testfläche seine Windel sein.

„Perfekt," flüsterte Ralph, als er die klebrige Masse auf die Wand klatschte. Doch statt der Tapete drückte er erst einmal seinen Schnuller an die klebrige Fläche. „Dekorativ!" rief er zufrieden. Die erste Bahn Tapete wurde quer geklebt, die zweite diagonal, und die dritte – nun ja, sie landete am Boden, wo Ralph sie als Teppich nutzte.

„Kreativität ist wichtig," sagte Ralph laut, während er mit beiden Händen einen Kleister-Eimer umstieß. Die Katze, neugierig wie immer, trat in die Pfütze und hinterließ Pfotenabdrücke auf der frisch gestrichenen Wand. „Eine Signatur!" rief Ralph begeistert, „Das macht es einzigartig." Doch der Hund, nicht weniger interessiert, fand den Kleister weniger kunstvoll und mehr schmackhaft.

Die Eltern, die das Chaos bemerkten, stürmten ins Wohnzimmer. „Ralph!" schrie die Mutter, „Was hast du getan?" Ralph, mit Kleister im Gesicht und Tapetenresten in den Haaren, blickte sie an. „Ich tapeziere," sagte er stolz. „Das nennt man modern!" Der Vater schaute auf die Wand, wo Schnuller, Tapete und sogar eine Socke klebten. „Das ist... einzigartig," murmelte er. Die Mutter starrte nur fassungslos. „Ich... brauche einen Kaffee." Am Ende des Tages, nach Stunden der Reinigung und einem erneuten Tapezierversuch, saß Ralph zufrieden in seinem Laufstall. „Ich bin ein Künstler," flüsterte er, „und morgen dekoriere ich die Küche."

Ralph spendet Windeln

Es war ein ungewöhnlicher Morgen, die Eltern hatten beschlossen, alte Kleidung und Spielsachen zu spenden. „Das wird anderen helfen," sagte die Mutter. „Eine gute Sache," stimmte der Vater zu. Doch Ralph, mit seiner schiefen Windel und einem Plan, lauschte aufmerksam. „Spenden klingt spannend," murmelte er, „aber ich habe etwas Besseres." Während die Eltern die Spendenkisten packten, machte Ralph sich an seine Sammlung. Er zog Windel um Windel hervor, einige frisch, andere – sagen wir mal – historisch gezeichnet.

„Die brauchen das bestimmt," sagte Ralph zufrieden, während er die Windeln in einen großen Beutel stopfte. „Niemand hat solche Kunstwerke wie

ich." Kaum waren die Eltern abgelenkt, schnappte sich Ralph die Spenden-
kiste und ersetzte den Inhalt mit seinen „Schätzen." Teddybären und Pul-
lover flogen heraus, während Windeln die neue Fracht wurden.

„Fertig!" rief Ralph, als die Eltern die Kiste abholten. „Gute Arbeit," sagte
der Vater, ohne einen Blick in die Kiste zu werfen. „Das wird sicher Freude
bringen." Im Spendenzentrum wurde die Kiste entgegengenommen, die
Mitarbeiter öffneten sie, und ein Geruch, der nur als Ralph-typisch beschrieben werden kann, stieg auf. „Was… ist das?" fragte ein Mitarbeiter
entsetzt. „Das sind… Windeln?" Eine Kollegin zog eine hervor. „Und sie sind
benutzt!" Die Nachricht verbreitete sich schnell, und die Eltern, zurück zu
Hause, bekamen bald einen Anruf. „Entschuldigung," sagte die Mitarbeite-
rin höflich, „aber wir können das leider nicht annehmen." Die Mutter
starrte Ralph an, der gerade auf dem Boden saß und ein Windel-Lätzchen
bastelte. „Ralph!" rief sie, „Was hast du getan?"

„Ich habe gespendet!" antwortete Ralph stolz. „Niemand hat solche Windeln wie ich!" Die Eltern waren sprachlos. Der Vater schüttelte den Kopf.
„Wir brauchen einen neuen Ansatz," murmelte er. „Oder eine neue Stadt,"
fügte die Mutter hinzu.

Am Abend, als alles wieder aufgeräumt war, schnappte sich Ralph einen
neuen Beutel. „Nächstes Mal," flüsterte er, „spende ich sie direkt an die
Enten."

Die Windelmumie

Es war ein regnerischer Tag, und Baby Ralph langweilte sich. Die Eltern waren beschäftigt, der Hund schlief, und die Katze ignorierte ihn. Doch Ralph, mit seiner schiefen Windel und einem Hang zur Kreativität, sah sich im Zimmer um.

Da entdeckte er den Stapel Windeln. Frisch, weiß und ordentlich gestapelt, wie ein leeres Blatt Papier, das darauf wartete, beschrieben zu werden. „Das ist es!" rief Ralph. „Ich werde ein Kunstwerk erschaffen!"

Mit kleinen Händen griff er zu, wickelte die erste Windel um seinen Arm, dann um sein Bein, und schließlich um seinen Bauch. „Ich bin ein Held," murmelte er, „oder vielleicht... eine Mumie!"

Ralph wickelte weiter, Windel um Windel, bis er kaum noch laufen konnte. „Perfekt," sagte er stolz, „ich bin jetzt die Windelmumie!" Doch damit war es nicht genug. Er kletterte auf den Tisch, schleppte die Katze herbei und versuchte, sie ebenfalls in Windeln zu wickeln. Die Katze fauchte, sprang davon, und hinterließ Ralph mit einem Windelchaos.

Die Eltern, die das seltsame Rascheln hörten, kamen ins Zimmer. Was sie sahen, war eine kleine Gestalt, eingewickelt von Kopf bis Fuß, die kaum noch sprechen konnte. „Ralph!" rief die Mutter, „Was hast du gemacht?"

Ralph hob die Arme, so gut es ging. „Ich bin eine Windelmumie," murmelt er durch den Stoff. „Bewundert mich!" Doch die Mumie hielt nicht lange. Ein Windelstreifen löste sich dann ein zweiter, bis Ralph mitten im Chaos ausgebreiteten Windeln saß. „Das ist nicht witzig!" sagte der Vater, während die Mutter versuchte, die Windeln wieder zu sortieren. Doch Ralph grinste breit. „Es war ein Abenteuer," flüsterte er, „und Mumien sind cool!"

Am Abend, als die Eltern endlich aufgeräumt hatten, sahen sie Ralph, wie er heimlich wieder eine Windel um seine Hand wickelte. „Nächstes Mal," murmelte er, „werde ich eine Windel-Rüstung bauen."

Ralph und der Windel-Coup der Gangster

Es war eine scheinbar gewöhnliche Nacht, doch in den Straßen der Stadt plante eine berüchtigte Gang etwas Ungewöhnliches: Sie hatten gehört, dass Baby Ralph die „mächtigsten Windeln" besaß, berüchtigt für Chaos und Gestank. „Diese Windeln," sagte der Anführer, „könnten unsere Geheimwaffe sein. Mit ihrer Hilfe können wir einen Anschlag starten, der die ganze Stadt lahmlegt!"

Im Schutz der Dunkelheit schlichen sie sich ins Haus, wo Ralph friedlich schlief. Die Eltern ahnten nichts, der Hund schnarchte, und die Katze verfolgte eine imaginäre Maus. Die Gang öffnete Ralphs Schrank und entdeckte seinen Vorrat. „Das ist es!" flüsterte einer. „Hier sind sie – die legendären Windeln." Mit einem großen Sack nahmen sie die gesamte Sammlung mit und verschwanden in die Nacht.

Am Morgen, als Ralph erwachte, merkte er sofort, dass etwas nicht stimmte. „Wo sind meine Windeln?" rief er entsetzt. Die Eltern, die ebenfalls die leeren Schränke sahen, waren ratlos. „Wer würde so etwas tun?" fragte die Mutter. „Nur ein Wahnsinniger," murmelte der Vater. Ralph, mit einem entschlossenen Blick, wusste, dass er handeln musste. „Das ist mein Moment," flüsterte er, „ich werde die Stadt retten!"

Mit Vogelbert, der listigen Krähe, an seiner Seite, verfolgte Ralph die Spuren der Diebe. Sie führten ihn zu einem alten Lagerhaus, wo die Gang ihre Pläne schmiedete. „Wir legen die Windeln an strategischen Orten aus," sagte der Anführer, „und wenn sie aktiviert werden, wird der Gestank unaufhaltsam sein!"

Ralph, der die Szene durch ein Fenster beobachtete, grinste. „Das können wir nicht zulassen," sagte er zu Vogelbert. „Zeit für Action!" Mit einem Sprung landete Ralph im Lagerhaus. Die Gang, überrascht von seinem Auftauchen, lachte laut. „Was soll ein Baby uns anhaben?" rief einer. Doch Ralph hatte seinen eigenen Plan. Er schnappte sich eine der Windeln, warf sie mit voller Kraft, und traf den Anführer mitten ins Gesicht. „Was ist das?" schrie er, als der Gestank ihn überwältigte.

Eine nach der anderen schleuderte Ralph die Windeln, bis die ganze Gang in einem Chaos aus Geruch und Panik floh. Vogelbert flatterte über ihren Köpfen, krächzte triumphierend, und trieb sie aus dem Gebäude. Die Polizei, alarmiert von den Schreien, kam rechtzeitig, um die Gangster festzunehmen. „Wer hat das gemacht?" fragte ein Polizist. „Das Baby!" stammelte der Anführer, „Dieses... Baby!"

Ralph kehrte nach Hause zurück, seine Windeln sicher im Schrank. Die Eltern, nun voller Stolz, nahmen ihn in den Arm. „Du bist ein Held," sagte die Mutter. „Ein chaotischer, stinkender Held," fügte der Vater hinzu. Ralph grinste nur. „Niemand stiehlt meine Windeln," murmelte er, „und kommt damit davon."

Ralph und die Geheimdienste

Es begann an einem scheinbar gewöhnlichen Morgen. Ralph saß im Sandkasten, die Windel schief, sein Lächeln unschuldig – zumindest äußerlich. Doch in den Schatten der Welt hatten mächtige Geheimdienste begonnen, sich für ihn zu interessieren.

„Dieses Baby," sagte ein Agent im Hauptquartier, „hat eine Erfolgsbilanz, die selbst uns beeindruckt. Banküberfälle, Windel-Waffen, und zuletzt das Ausschalten einer Gangsterbande. Wir müssen ihn überwachen."

Drohnen summten über Ralphs Garten, kleine Kameras versteckten sich in Bäumen, und Satelliten richteten ihre Aufmerksamkeit auf seinen Laufstall. Doch Ralph bemerkte es. „Sie beobachten mich," murmelte er, „aber sie wissen nicht, mit wem sie es zu tun haben."

Als der erste Agent sich näherte, verkleidet als Briefträger, griff Ralph zu seiner bewährten Waffe – eine gut gefüllte Windel. Mit einem gezielten Wurf traf er den Mann mitten in der Brust. „Rückzug!" rief der Agent, während er davonlief.

Doch das war nur der Anfang. Die Geheimdienste schickten einen ganzen Trupp, ausgerüstet mit High-Tech-Werkzeugen und schusssicheren Westen. Doch Ralph war bereit. Er baute eine Windel-Falle, gespickt mit Marmelade und klebrigen Spielzeugen. „Kommt nur," murmelte er, „ich habe euch erwartet."

Als die Agenten durch das Tor traten, löste Ralph die Falle aus. Windeln flogen durch die Luft, klebrige Marmelade bedeckte ihre Brillen, und Ralph saß oben auf dem Baum, lachend wie ein König.

„Wir... ziehen uns zurück!" rief der Kommandant. „Dieses Kind ist unbezwingbar!" Die Agenten flohen, doch nicht ohne eine letzte Nachricht. „Wir kommen wieder," murmelten sie.

Ralph, zufrieden mit seinem Sieg, krabbelte zurück ins Haus. Die Eltern, die nichts von all dem bemerkt hatten, sahen ihn mit schmutzigen Händen und klebrigen Haaren. „Was hast du jetzt wieder angestellt?" fragte die Mutter. Ralph grinste nur. „Ich habe gespielt," sagte er, „aber die Welt wird von mir hören."

In den Hauptquartieren der Geheimdienste wurde Ralphs Bild an die Wand geheftet. „Haltet ihn im Auge," sagte der Direktor. „Dieser Junge könnte eines Tages die Welt regieren."

Ralph spielt Kniffel – auf seine Weise

Es war ein verregneter Nachmittag, die Eltern saßen am Küchentisch und beschlossen, Baby Ralph an einem harmlosen Familienspiel teilhaben zu lassen. „Kniffel ist einfach," sagte der Vater, „das kann selbst Ralph lernen." Die Mutter schaute skeptisch. „Er wird es nicht lernen – er wird es zerstören."

Ralph, mit seiner schiefen Windel und einem Blick voller Neugier, saß auf seinem Hochstuhl. Vor ihm lagen die Würfel, der Block und der Stift. „Also," begann der Vater, „du würfelst, schreibst die Punkte auf, und versuchst, die besten Kombinationen zu machen."

Ralph nickte ernst. „Klingt einfach," murmelte er, „aber ich habe meine eigenen Regeln." Der erste Wurf kam. Die Würfel zeigten zwei Einsen, eine Drei, eine Vier und eine Sechs. Ralph starrte die Zahlen an, dann schob er die Hand nach vorne und drehte alle Würfel auf die Sechsen. „Kniffel!" rief er triumphierend.

„Das zählt nicht!" sagte die Mutter. „Du musst würfeln, Ralph, du kannst die Würfel nicht einfach drehen." Doch Ralph grinste breit. „Wieso nicht? Es ist doch einfacher so."

Im nächsten Zug warf Ralph die Würfel absichtlich auf den Boden, dann bückte er sich, sammelte sie ein, und verkündete stolz: „Schon wieder Kniffel!" Die Eltern warfen sich einen genervten Blick zu.

Als der Vater einen Moment abgelenkt war, griff Ralph nach dem Stift und schrieb auf den Block: „100 Punkte extra, weil ich süß bin." „Ralph!" rief die Mutter. „Das ist kein offizieller Bonus!" „Für mich schon," sagte Ralph, während er einen Keks kaute.

Der Hund, der unter dem Tisch saß, schnappte sich einen Würfel, was Ralph zum nächsten Plan inspirierte. „Der Hund spielt für mich," erklärte er, „das zählt doppelt!"

Die Eltern versuchten verzweifelt, das Spiel zu retten, doch Ralph war nicht aufzuhalten. Er malte „Kniffel-Meister Ralph" auf den Deckel der Schachtel und legte seine Windel daneben. „Das ist der Siegerpokal," sagte er stolz.

Am Ende des Spiels hatte Ralph alle Punkte und die Eltern keine Nerven mehr. „Das war… einzigartig," murmelte der Vater. „Ein Desaster," ergänzte die Mutter.

Doch Ralph, zufrieden mit seinem Werk, lehnte sich zurück und flüsterte: „Morgen spielen wir Monopoly."

Baby Ralph windelt die Katze

Es war ein ruhiger Nachmittag, die Eltern tranken Tee, die Sonne schien durch die Fenster, und die Katze lag entspannt auf ihrem Lieblingskissen. Doch Baby Ralph, mit seiner schiefen Windel und einer Idee, hatte andere Pläne.

„Wenn ich eine Windel trage," murmelte Ralph, „dann braucht die Katze auch eine." Er schnappte sich eine seiner Ersatzwindeln, zog sie energisch auseinander, und schlich sich langsam an die ahnungslose Katze heran. Die Katze blinzelte träge, bis Ralph ihr plötzlich die Windel über den Kopf stülpte. „Perfekt!" rief Ralph, „Jetzt bist du bereit!" Doch die Katze, alles andere als begeistert, fauchte und sprang auf. „Bleib stehen!" rief Ralph, während er versuchte, die Windel um die Katze zu wickeln. „Das ist für dein eigenes Wohl!"

Die Jagd begann. Die Katze rannte durchs Wohnzimmer, Ralph hinterher, mit der Windel in der Hand. Der Hund, verwirrt vom Chaos, bellte und lief mit. „Ralph, was machst du da?" fragte die Mutter, als sie das Spektakel sah. „Ich sorge für Hygiene!" rief Ralph stolz. „Die Katze braucht auch eine Windel!"

Die Mutter stöhnte, doch bevor sie eingreifen konnte, hatte Ralph die Katze geschnappt und die Windel um ihren Schwanz gebunden. „Fertig!" verkündete er triumphierend. „Jetzt bist du wie ich!" Die Katze, sichtlich beleidigt, sprintete unter den Tisch, wo sie hektisch versuchte, die Windel loszuwerden. Der Hund nutzte die Gelegenheit, um daran zu ziehen, und bald war die Windel eine zerrissene Erinnerung an Ralphs neueste Idee.

„Ralph!" sagte die Mutter streng, „Du kannst die Katze nicht windeln!" „Aber warum nicht?" fragte Ralph, „Sie ist doch Teil der Familie." Die Eltern tauschten einen resignierten Blick, während Ralph sich auf den Boden

setzte und die Windelreste betrachtete. „Nächstes Mal nehme ich den Hund," murmelte er, „der bleibt vielleicht still."
Am Abend, als alles wieder ruhig war, schaute die Katze mit einem misstrauischen Blick auf Ralph, der in seinem Hochstuhl saß und zufrieden grinste. „Das war lustig," sagte er leise, „aber ich brauche eine größere Windel."

Baby Ralph sabotiert das Toilettenrohr

Es war ein regnerischer Tag, die Eltern saßen mit dampfendem Kaffee am Frühstückstisch, während Baby Ralph mit einem Löffel in seiner Hand und einem Schimmer des Unheils in den Augen nachdenklich auf dem Hochstuhl saß.

„Wohin gehen die Dinge, wenn sie in der Toilette verschwinden?" fragte er sich. „Ich werde es herausfinden!" Kaum waren die Eltern abgelenkt, rutschte Ralph aus dem Hochstuhl, krabbelte ins Badezimmer und öffnete den Toilettendeckel. „Das ist der Eingang," murmelte er, „jetzt brauche ich nur noch etwas Großartiges."

Zuerst warf er seinen Schnuller hinein, dann einen Spielzeuglastwagen, gefolgt von einem halben Keks, den er noch in der Hand hielt. „Alles verschwindet," stellte er fest, „aber ich brauche etwas Größeres." Ralph suchte weiter. Ein Handtuch, eine leere Shampoo-Flasche, und schließlich – natürlich – eine seiner Windeln. „Das wird das System testen," sagte er, als er sie hineinstopfte und die Spülung drückte.

Ein leises Gurgeln, dann ein lautes Knacken, und schließlich das Unvermeidliche: Das Wasser begann zu steigen. „Interessant," murmelte Ralph, während es über den Rand schwappte und den Boden flutete. Die Eltern, alarmiert durch das Geräusch, stürmten ins Badezimmer. „Ralph!" schrie die Mutter, „Was hast du getan?" Doch Ralph, mit einem unschuldigen Lächeln, zeigte auf die Toilette. „Ich habe geforscht," erklärte er, „aber die Toilette ist kaputt."

Der Vater versuchte verzweifelt, das Wasser aufzuhalten, während die Mutter nach einem Klempner rief. „Es wird Stunden dauern, das zu reparieren!" jammerte sie.

Der Klempner, ein geduldiger Mann, öffnete das Rohr und zog eine Reihe von Gegenständen hervor: den Lastwagen, den Schnuller, und schließlich die Windel. „Was... ist das?" fragte er entsetzt. „Das ist Ralph," murmelte der Vater, „unsere ganz persönliche Katastrophe."

Ralph, inzwischen wieder in seinem Hochstuhl, beobachtete die Aufregung zufrieden. „Ich habe etwas gelernt," sagte er, „aber ich brauche ein größeres Rohr." Am Abend, als das Badezimmer wieder trocken war und die Eltern erschöpft auf dem Sofa saßen, schaute Ralph aus seinem Kinderzimmer und flüsterte: „Morgen probiere ich die Spüle."

Baby Ralph, der Weinkenner

Es war ein besonderer Abend. Die Eltern hatten Freunde eingeladen und eine Flasche teuren Wein geöffnet. „Dieser Jahrgang ist etwas Besonderes," sagte der Vater stolz, während er die Gläser füllte. Die Mutter nickte. „Nur für Erwachsene," fügte sie mit einem Blick auf Ralph hinzu.

Doch Baby Ralph, mit seiner schiefen Windel und einem unersättlichen Drang, alles zu probieren, lauschte aufmerksam. „Was ist Wein?" murmelte er, „und warum darf ich ihn nicht haben?" Kaum waren die Erwachsenen abgelenkt, kletterte Ralph aus seinem Hochstuhl und robbte Richtung Esstisch. Dort stand es: das Glas mit dem tiefroten Inhalt, der geheimnisvoll schimmerte. „Das probiere ich!" flüsterte Ralph.

Mit einer entschlossenen Bewegung griff er nach dem Glas und kippte es in einem Zug herunter. „Interessant," murmelte er, während der komplexe Geschmack auf seine kindliche Zunge traf. „Fruchtig, aber mit einer gewissen Schwere."

Die Eltern drehten sich entsetzt um. „Ralph!" rief die Mutter. „Das ist kein Saft!" Doch Ralph, nun in vollem Genussmodus, zeigte auf die Flasche. „Noch mehr! Ich muss den Abgang testen." Der Vater schnappte sich die Flasche, doch Ralph war schneller. Mit einem gezielten Wurf seines Schnullers lenkte er die Erwachsenen ab und griff nach einem zweiten

Glas. „Ein Hauch von Beeren," murmelte er, „und eine Note von Holz. Sehr elegant." Die Freunde der Eltern waren inzwischen völlig fasziniert. „Das Kind hat Geschmack," sagte einer. „Er kennt sich besser aus als ich!" Doch dann, nach seinem dritten Schluck, begann Ralph, etwas wackelig zu werden. „Der Körper ist intensiv," lallte er, „aber vielleicht etwas zu kräftig für mich."

Die Mutter hob ihn hoch. „Das reicht, junger Mann!" Doch Ralph grinste. „Ich bin ein Weinkenner," sagte er stolz, „und ihr habt keine Ahnung." Am nächsten Morgen, als Ralph mit einem ungewöhnlich ruhigen Gesichtsausdruck im Laufstall saß, murmelte er: „Vielleicht bleibe ich erstmal bei Apfelsaft." Die Eltern sahen sich an und schworen, den Wein künftig besser aufzubewahren.

Ralph verlost seine Windeln

Es war ein sonniger Tag, die Eltern hatten Ralph auf die Terrasse gesetzt, wo er friedlich mit Bauklötzen spielen sollte. Doch Ralph, mit seiner schiefen Windel und einem Drang, die Welt zu gestalten, hatte andere Pläne.

„Die Menschen da draußen," murmelte Ralph, „sie brauchen etwas Besonderes. Etwas, das nur ich bieten kann!" Er sah den Stapel seiner Windeln, perfekt aufgeschichtet, und eine Idee begann zu wachsen. „Eine Verlosung!" rief er, „Jeder will ein Stück von Ralph!"

Mit Buntstiften malte er eifrig Plakate: *„Gewinnt Ralphs einzigartige Windeln! Nur heute!"* Dann hängte er die Kunstwerke an die Haustür, an den Zaun, und sogar an den Briefkasten.

Die ersten neugierigen Nachbarn kamen bald vorbei. „Was ist das hier?" fragte Frau Müller. Ralph, stolz und voller Enthusiasmus, hob eine Windel hoch. „Das hier ist der Hauptgewinn!" rief er, „Ein Meisterwerk meiner Zeit!" Die Menschen starrten verwirrt. „Ist das… benutzt?" fragte Herr Schmidt vorsichtig. „Natürlich!" sagte Ralph, „Jede Windel erzählt eine Geschichte!"

Um die Spannung zu erhöhen, legte Ralph eine kleine Schüssel auf den Tisch. „Ein Euro pro Los," erklärte er, „und alle Einnahmen gehen… zu mir." Die Nachbarn, zwischen Neugier und Entsetzen, zogen tatsächlich Lose. Ralph schrieb Zahlen auf Zettel und warf sie in die Schüssel. „Ich bin ein Genie," murmelte er.

Als die Verlosung begann, hob Ralph feierlich eine Zahl. „Die Nummer 7!" rief er, und Frau Müller, die bereits leicht bedauerte, teilgenommen zu haben, hob zögernd die Hand. „Herzlichen Glückwunsch," sagte Ralph und überreichte ihr die Windel. Die Verlosung ging weiter, doch bald begann ein unangenehmer Geruch, sich auszubreiten. „Das reicht!" rief Herr Schmidt, „Das hier ist kein Spaß!" Die Nachbarn zerstreuten sich, während Ralph, zufrieden mit seinem Erfolg, die Münzen in seine Windel steckte.

Am Abend, als die Eltern von den Plakaten erfuhren, schüttelten sie den Kopf. „Ralph, was hast du getan?" fragte die Mutter. „Ich habe die Welt bereichert," antwortete Ralph stolz. Die Eltern beschlossen, die Windeln künftig besser aufzubewahren. Doch Ralph, mit einem breiten Grinsen, flüsterte: „Nächstes Mal mache ich eine Auktion."

Ralphs Silvester-Windel-Show

Es war der letzte Tag des Jahres, die Eltern bereiteten das Silvesteressen vor, und Baby Ralph, mit seiner schiefen Windel und einem Funkeln in den Augen, hatte ganz eigene Pläne. „Feuerwerk?" murmelte er, „Langweilig. Ich mache etwas Besseres!"

Während die Erwachsenen mit Raclette und Sekt beschäftigt waren, schlich sich Ralph in den Garten. Dort stand der Tisch mit Raketen, Böllern und Wunderkerzen. „Das ist die Gelegenheit," flüsterte er, „Zeit für die Windel-Show." Er holte seinen Vorrat an Windeln, die er liebevoll gesammelt hatte, einige frisch, andere… nun ja, besonders aromatisch. Mit Klebeband befestigte er sie an den Raketen.

„Jetzt wird es spektakulär!" rief Ralph, als er die erste Rakete entzündete. Die Windel schoss in die Luft, hinterließ eine Rauchspur und explodierte mit einem Knall, der die Nachbarn aus ihren Häusern trieb. „Was ist das für ein Geruch?" rief Frau Müller.

Die Eltern, alarmiert vom Lärm, stürmten in den Garten. „Ralph!" schrie die Mutter, „Was machst du da?" Doch Ralph, mit Ruß im Gesicht und einem breiten Grinsen, zündete bereits die nächste Rakete. „Das ist meine Silvester-Show!" Die dritte Rakete, beladen mit einer besonders „reifen" Windel, flog nicht wie geplant. Statt in den Himmel landete sie im Baum, der daraufhin einen dichten Rauch ausstieß. Der Hund bellte, die Katze floh ins Haus, und die Nachbarn riefen die Feuerwehr.

„Das ist eine Katastrophe!" rief der Vater, während die Mutter versuchte, die brennende Rakete mit einem Eimer Wasser zu löschen. Doch Ralph lachte nur. „Das ist Kunst," erklärte er, „und Kunst muss provozieren."

Die Feuerwehr kam, löschte den Baum und betrachtete die Reste der Windel-Raketen. „Das habe ich noch nie gesehen," murmelte einer der Feuerwehrmänner, „aber ich wünschte, ich hätte es nie sehen müssen."

Am Ende der Nacht, als die Eltern das Chaos beseitigten und die Nachbarn sich beschwerten, saß Ralph zufrieden im Hochstuhl. „Das war das beste Silvester aller Zeiten," flüsterte er, „nächstes Jahr nehme ich noch mehr Windeln."

Die Eltern, erschöpft und wortlos, schauten sich an. „Nie wieder Silvester zu Hause," sagte die Mutter schließlich. „Nie wieder mit Ralph," ergänzte der Vater.

Fango alla Baby Ralph

Es war ein entspannter Nachmittag, die Eltern hatten beschlossen, sich einen Spa-Moment zu gönnen. „Ein bisschen Wellness schadet nicht," sagte die Mutter, während sie eine Packung Fangopackung auf den Tisch legte. Doch Baby Ralph, mit seiner schiefen Windel und einem Hang zum Chaos, lauschte aufmerksam. „Fango?" murmelte Ralph, „Das klingt wie Matsch. Und ich liebe Matsch!"

Kaum hatten die Eltern den Raum verlassen, schlich sich Ralph an den Tisch. Er betrachtete die braune, klebrige Masse. „Das ist perfekt," sagte er, „für meine eigene Erfindung: Fango alla Baby Ralph!" Mit beiden Händen griff er in die Packung, schmierte sich großzügig den Matsch auf Bauch und Gesicht. „Das fühlt sich gut an," murmelte er, „aber es fehlt noch etwas." Er öffnete die Küchenschränke, fand eine Flasche Ketchup, eine Tube Senf, und etwas Marmelade. Alles landete in der Fangomasse. „Jetzt ist es perfekt," rief Ralph, „mein persönliches Wellness-Rezept!"

Doch Ralph wollte nicht allein genießen. Der Hund, die Katze, und selbst Vogelbert, die listige Krähe, wurden Teil seiner „Kur." Der Hund bekam eine Fangomaske, die Katze wurde mit Matschstreifen dekoriert, und Vogelbert, der protestierend krächzte, bekam eine Portion Marmelade auf den Kopf.

Die Eltern kamen zurück und fanden Ralph mitten im Chaos. „Was… ist das?" fragte die Mutter entsetzt. „Das ist Fango alla Baby Ralph," erklärte er stolz, „ein revolutionäres Spa-Erlebnis." Der Vater schaute auf den Hund, der nun wie eine Statue dastand, auf die Katze, die sich hektisch versuchte zu säubern, und schließlich auf Ralph, der mit braun-rotem Matsch von Kopf bis Fuß bedeckt war.

„Du bist unmöglich," murmelte der Vater. Doch Ralph grinste nur. „Ihr seid die nächsten Kunden," sagte er, „setzt euch schon mal hin!" Am Abend, nach einer gründlichen Reinigung und einem langen Seufzen der Eltern, saß Ralph zufrieden im Hochstuhl. „Ich bin ein Wellness-Genie," flüsterte er, „morgen probiere ich Schokoladen-Matsch."

Baby Ralph und die Windel-Katastrophe in der Nordsee

Es war ein sonniger Tag, die Eltern beschlossen, einen Ausflug an die Nordsee zu machen. „Frische Luft, kühles Wasser," sagte die Mutter, „und Ralph kann am Strand spielen." „Solange er keinen Unsinn macht," fügte der Vater hinzu, doch Ralph, mit seiner schiefen Windel und einem Hang zur Katastrophe, hatte bereits einen Plan.

Am Strand angekommen, staunte Ralph über das weite Wasser. „Das ist ein riesiges Bad," murmelte er, „und ich bin der Kapitän!" Mit einer Schaufel und einem Eimer begann er, sein Revier abzustecken.

Doch bald bemerkte Ralph, dass das Wasser nicht besonders spannend war. „Es fehlt etwas," dachte er, „etwas… Einzigartiges." Er sah auf seine Windel, dann auf das Wasser, und grinste breit. Mit einer entschlossenen Bewegung zog er die Windel ab und schleuderte sie ins Meer. „Das ist mein Beitrag zur Natur," rief er triumphierend. Die Eltern, die gerade nicht hinsahen, ahnten noch nichts vom Unheil.

Doch Ralph war noch nicht fertig. Eine zweite Windel folgte, dann eine dritte, bis eine ganze Armee von Windeln auf den Wellen trieb. „Jetzt sieht das Wasser interessanter aus," sagte Ralph zufrieden.

Doch bald begann das Chaos. Die erste Windel löste sich auf, eine braune Wolke breitete sich aus, und ein seltsamer Geruch stieg in die Luft. Die Badegäste hielten sich die Nase zu, Kinder schrien, und selbst die Möwen flogen schreiend davon.

„Was ist das?" rief ein Mann, als er aus dem Wasser stürmte. „Es brennt in meinen Augen!" Die Eltern drehten sich um und sahen Ralph, der stolz auf einem Sandhaufen saß. „Ich habe das Wasser besser gemacht," verkündete er.

Die Rettungsschwimmer riefen die Küstenwache, die Küstenwache rief die Behörden, und bald war der gesamte Strand gesperrt. „Das Wasser ist kontaminiert," sagte ein Wissenschaftler, „es könnte Jahre dauern, bis es sich erholt."

Die Eltern packten Ralph schnell ein und fuhren nach Hause, während die Nachrichten von der „Nordsee-Windel-Katastrophe" berichteten. „Du bist eine Naturkatastrophe," sagte die Mutter entsetzt. „Ich bin ein Pionier," antwortete Ralph stolz. Am Abend, zurück im sicheren Zuhause, schaute Ralph aus dem Fenster. „Das war ein gutes Abenteuer," murmelte er, „nächstes Mal probiere ich es an der Ostsee."

Baby Ralph im Kloster

Es war ein friedlicher Morgen, die Glocken läuteten, und das Kloster war erfüllt vom Duft frischen Brotes und einem Hauch von Weihrauch. Die Eltern hatten beschlossen, Ralph für einen Tag in die Obhut der Mönche zu geben. „Vielleicht bringt es ihm Ruhe," sagte die Mutter. „Oder uns," murmelte der Vater.

Doch Ralph, mit seiner schiefen Windel und einem Drang nach Chaos, hatte andere Pläne. „Kloster?" fragte er, „Klingt wie ein großer Spielplatz." Kaum hatten die Eltern das Gelände verlassen, begann Ralph mit seiner Erkundung. Er sah die stille Bibliothek, die leere Kapelle, und schließlich die Küche, wo ein großer Kessel über dem Feuer brodelte. „Interessant," murmelte Ralph, „was, wenn ich… würze?"

Mit einer entschlossenen Bewegung warf Ralph seine Windel in den Kessel. Die Brüder, die gerade Psalmen sangen, spürten plötzlich einen seltsamen Geruch. „Was ist das?" fragte Bruder Benedikt, als er den Kessel öffnete und das Unaussprechliche sah. „Das ist… kein Gemüse!"

Doch Ralph war schon weitergezogen. Er fand den Altar, wo eine große Kerze brannte. „Schöner Platz für ein Kunstwerk," sagte Ralph, als er begann, mit Hostien einen Turm zu bauen. Die Mönche, entsetzt, versuchten ihn aufzuhalten, doch Ralph war flink. „Ich bin ein Baumeister!" rief er, „und das hier ist mein Tempel!"

Der Abt, ein weiser und geduldiger Mann, versuchte Ralph zu beruhigen. „Mein Sohn," sagte er, „hier suchen wir Frieden." Doch Ralph grinste. „Dann sucht weiter," sagte er, „ich suche Spaß!" In der Bibliothek fand Ralph eine alte Bibel, deren Seiten ihn faszinierten. Mit einem Buntstift malte er kleine Windeln auf die Figuren der Engel. „Jetzt sieht es besser aus," murmelte er zufrieden.

Als die Eltern zurückkamen, fanden sie ein Kloster im Chaos. Der Abt schüttelte den Kopf. „Dieses Kind ist ein Wirbelwind," sagte er, „doch vielleicht ist es ein göttlicher Test." Die Mutter hob Ralph auf. „Er ist ein Test, ja," sagte sie, „für unsere Geduld." Ralph, nun müde von seinen Abenteuern, flüsterte: „Das war ein guter Tag. Nächstes Mal probiere ich ein Schloss."

Großes Windeltennis mit Ralph

Es war ein sonniger Nachmittag, die Eltern hatten beschlossen, mit Ralph in den Park zu gehen. „Frische Luft tut ihm gut," sagte die Mutter. „Und vielleicht wird er müde," hoffte der Vater. Doch Ralph, mit seiner schiefen Windel und einem Hang zur Kreativität, hatte etwas anderes im Kopf. „Tennis?" fragte er, als er das Spielfeld sah. „Das kann ich besser machen!"

Auf dem Platz spielten zwei Kinder mit kleinen Schlägern. Ralph beobachtete sie genau, dann griff er zu seiner eigenen „Ausrüstung": seiner Windel. „Das wird mein Ball," murmelte er, „und ich bin der Star!"

Mit einem beherzten Wurf katapultierte Ralph die Windel über das Netz. Die Kinder hielten inne, starrten das ungewöhnliche Flugobjekt an, und dann... landete es direkt auf dem Kopf eines Spielers. „Was... ist das?" schrie er, als er den Geruch bemerkte.

Ralph, nun voller Begeisterung, hob eine zweite Windel auf. „Das ist erst der Anfang!" rief er. Er warf sie, mit einem Schwung, über das Netz, und die „Windel-Bälle" flogen durch die Luft. Die Zuschauer, zuerst verwirrt, dann entsetzt, wichen zurück. „Das ist kein Tennis," murmelte eine ältere Dame, „das ist ein Angriff!"

Die Eltern eilten herbei. „Ralph!" rief die Mutter, „Was machst du da?"
Doch Ralph grinste nur. „Ich spiele Windeltennis," erklärte er stolz.
„Das ist die Zukunft des Sports! Der Vater versuchte, die Windeln einzu-
sammeln, doch Ralph war schneller. Er schnappte sich einen Tennisschlä-
ger, band eine Windel daran fest, und schwang ihn wie einen Profi. „Match-
ball!" rief er, als die Windel durch die Luft segelte und direkt in einen
nahegelegenen Brunnen fiel.

Die Kinder flohen, die Zuschauer zerstreuten sich, und die Eltern standen
ratlos da. „Das ist eine Katastrophe," murmelte die Mutter. „Das ist Ralph,"
ergänzte der Vater. Am Ende des Tages, als Ralph erschöpft in seinem
Kinderwagen lag, flüsterte er: „Nächstes Mal mache ich Windelfußball."
Die Eltern schauten sich an, wussten nicht, ob sie lachen oder weinen sollten, und beschlossen, ihm erst einmal keine neuen Windeln zu kaufen.

Ungeziefer im Hause Ralph

Es war ein warmer Sommerabend, die Eltern saßen gemütlich auf dem Sofa,
als plötzlich ein Summen durch das Wohnzimmer drang. „Das klingt nach
einer Fliege," sagte der Vater. Doch Ralph, mit seiner schiefen Windel
und einem Funken Chaos im Blick, lauschte aufmerksam. „Fliege?" murmelte
er, „Das ist ein neuer Freund!"

Kaum hatte er die Fliege entdeckt, stürzte Ralph vom Hochstuhl. Mit ausgestreckten Armen lief er durchs Zimmer, versuchte, das kleine Insekt zu fangen. „Bleib stehen!" rief er, „Ich will dich anschauen!"

Doch die Fliege war nur der Anfang. Bald krabbelte eine Ameise über den Boden, gefolgt von einer Spinne, die sich vom Bücherregal abseilte. „Ein ganzer Zoo!" rief Ralph begeistert, „Das ist mein Moment!" Mit einem Becher und einem Löffel begann Ralph, die neuen Mitbewohner zu sammeln. Die Fliege kam zuerst, gefangen in einem Glas. Dann folgten die Ameise und die Spinne, die Ralph sorgfältig in eine Schüssel setzte. „Willkommen in Ralphhausen!" verkündete er stolz.

Die Eltern, die inzwischen das Summen und Rascheln bemerkten, schauten entsetzt. „Ralph!" schrie die Mutter, „Was machst du da?" Doch Ralph grinste nur. „Ich mache ein Insektenhotel," sagte er, „für meine Freunde!" Doch es blieb nicht bei den kleinen Gästen. Ein Käfer, groß und glänzend, tauchte aus einer Ecke auf. „Der König!" rief Ralph begeistert. Er setzte den Käfer auf seinen Hochstuhl und fütterte ihn mit Kekskrümeln.

Doch das Ungeziefer hatte andere Pläne. Die Fliege entkam, die Ameise krabbelte über den Tisch, und die Spinne seilte sich an der Lampe ab. Die Mutter schrie, der Vater griff nach einem Staubsauger, doch Ralph verteidigte seine Gäste. „Ihr dürft sie nicht wegsaugen!" rief er, „Das ist mein Volk!"

Am Ende des Abends waren die Eltern erschöpft, das Wohnzimmer war ein Schlachtfeld, und Ralph saß zufrieden auf dem Boden. „Das war der beste Tag," flüsterte er, „aber nächstes Mal hole ich die Marienkäfer." Die Eltern schworen, das Haus künftig besser zu reinigen, doch Ralph, mit einem breiten Grinsen, flüsterte: „Ungeziefer ist Familie."

Ralph und Vogelbert bauen ein Katapult

Es war ein ruhiger Morgen, die Eltern waren beschäftigt, und Ralph saß mit Vogelbert, der listigen Krähe, im Garten. „Es ist langweilig," murmelte Ralph, „wir brauchen ein Abenteuer." Vogelbert krächzte zustimmend. „Was sollen wir machen?" fragte er.

Ralphs Augen funkelten. „Wir bauen ein Katapult!" rief er begeistert. „Damit können wir alles über den Gartenzaun schleudern!" Mit Eimern, Stöcken und Gummibändern begannen Ralph und Vogelbert ihr Meisterwerk. Die Schaukel wurde zur Basis, die Gummibänder zum Antrieb, und eine alte Kiste wurde der Wurfarm.

„Perfekt," sagte Ralph, „jetzt brauchen wir Munition." Er sammelte, was er finden konnte: Spielzeugautos, Sandförmchen, und – natürlich – eine seiner legendären Windeln.

„Das wird großartig!" rief Ralph, als sie die erste Ladung auf das Katapult legten. „Bereit, Vogelbert?" Die Krähe krächzte aufgeregt und flog ein Stück zurück. „Feuer frei!" Mit einem lauten Schnappen flog das Sand-förmchen über den Zaun, landete im Garten von Frau Müller, und ver-schwand in ihren Rosenbüschen. „Was war das?" hörte man sie rufen.

Doch Ralph wollte mehr. „Jetzt die Windel," sagte er feierlich. „Das wird der Höhepunkt." Die Windel, perfekt positioniert, schleuderte mit voller Wucht in die Luft, flog in einem weiten Bogen, und landete... direkt auf dem Auto des Nachbarn. „Was... zum...?" hörte man ihn fluchen, als er den schmierigen Einschlag sah.

Vogelbert flatterte vor Lachen, doch Ralph war bereits beim nächsten Wurf. „Noch größer!" rief er, „Noch weiter!" Doch bevor sie ihre nächste Ladung abschießen konnten, erschien die Mutter im Garten. „Was macht ihr da?" fragte sie streng. Ralph grinste. „Wir erforschen die Physik!" Die Mutter sah die Windel auf dem Autodach, den Nachbarn, der schimpfte, und das Chaos im Garten. „Physik?" wiederholte sie, „Ich nenne das Wahn-sinn."

Am Abend, nachdem die Eltern das Katapult abgebaut und die Nachbarn besänftigt hatten, saß Ralph zufrieden im Hochstuhl. „Das war ein guter Tag," flüsterte er, „aber nächstes Mal brauchen wir mehr Gummibänder."

Ein Windelfreudenfeuer

Es war ein kühler Abend, die Eltern hatten im Garten eine kleine Feuerstelle vorbereitet. „Ein Lagerfeuer," sagte der Vater, „das wird schön und entspannend." Doch Baby Ralph, mit seiner schiefen Windel und einem Hauch von Wahnsinn im Blick, hatte andere Pläne. „Ein Feuer?" murmelte er, „Das kann ich größer machen."

Während die Eltern Holz sammelten, blickte Ralph auf seinen Windelvorrat. „Perfekt," dachte er, „das wird ein Freudenfeuer, das die Welt noch nie gesehen hat!" Er begann, eine seiner Windeln ins Feuer zu werfen. Ein lautes Zischen, gefolgt von einer schwarzen Rauchwolke, stieg in den Himmel. „Interessant," sagte Ralph, „mehr davon!" Die Eltern, noch ahnungslos, genossen die Wärme des Feuers, bis der Geruch sie erreichte. „Was... ist das?" fragte die Mutter. „Es riecht nach... Ralph!" rief der Vater, als er sich umdrehte und Ralph sah, wie er Windel um Windel auf den wachsenden Haufen warf.

„Ralph!" schrie die Mutter, „Was machst du?" Doch Ralph grinste nur. „Ich mache ein Freudenfeuer," sagte er stolz, „das größte, das es je gab!" Der Rauch wurde dichter, die Nachbarn kamen herbei. „Ist alles in Ordnung?" fragte Frau Müller, während sie sich die Nase zuhielt. „Das riecht wie… ein chemisches Experiment!"

Ralph, nun in voller Euphorie, warf eine besonders gefüllte Windel ins Feuer. Die Flammen loderten, ein neuer Geruch verbreitete sich, und die Nachbarn flüchteten in ihre Häuser. Die Feuerwehr wurde gerufen, doch selbst sie waren überfordert. „Das ist kein gewöhnliches Feuer," sagte ein Feuerwehrmann, als er die Überreste der Windeln sah. „Das ist… ein biologischer Zwischenfall."

Am Ende des Abends waren die Flammen gelöscht, die Nachbarn beruhigt, und Ralph saß zufrieden in seinem Hochstuhl. „Das war ein gutes Feuer," flüsterte er, „aber nächstes Mal nehme ich noch mehr Windeln." Die Eltern schüttelten den Kopf. „Er ist unaufhaltsam," sagte der Vater. „Und er stinkt," fügte die Mutter hinzu.

Fischtophs Rache aus der Hölle

Es war eine düstere Nacht, die Sterne schienen blass, und Baby Ralph schlief friedlich in seinem Bett. Doch tief unten, in den glühenden Hallen der Hölle, schmiedete Fischtoph, Ralphs einstiger Fischfreund, einen Plan.

„Dieses Baby murmelte Fischtoph, „hat mich verschlungen, mich verspottet, und meine Existenz beendet. Nun ist es Zeit für Vergeltung!" Mit einem Schwung seiner glitschigen Flossen marschierte er zur Höllenpforte. „Ich brauche Unterstützung," sagte er, und rief die Dämonen der Fäulnis, die Meister des Gestanks, und die Königin der verrottenden Algen. „Wir kehren zurück – und Baby Ralph wird es bereuen."

Zurück auf der Erde, im stillen Kinderzimmer, begannen die Schatten zu wachsen. Ein leises Plätschern erklang, und plötzlich tauchte Fischtophs geisterhafte Gestalt aus dem Aquarium auf. „Ralph!" rief er mit donnernder Stimme, „Ich bin zurück, und ich bringe die Hölle mit!"

Ralph, mit seiner schiefen Windel und einer Mischung aus Neugier und Gleichgültigkeit, wachte auf. „Fischtoph?" murmelte er, „Du siehst... na ja, schleimig aus." Fischtoph, sichtlich beleidigt, hob seine Flossen. „Ich bin hier, um dich für deine Taten büßen zu lassen!" Er schnippte mit seiner Flosse, und plötzlich füllte sich das Zimmer mit einem unerträglichen Geruch.

Doch Ralph, unbeeindruckt, griff nach einer seiner Windeln. „Du glaubst, du kannst mich übertreffen?" fragte er. „Das hier ist mein Revier!" Mit einem gezielten Wurf landete die Windel direkt auf Fischtophs Kopf. Die Dämonen, die hinter ihm warteten, zischten zurück. „Das ist zu viel," murmelte einer, „sogar für uns."

Doch Fischtoph war entschlossen. Er schleuderte einen Schwall Höllenschleim auf Ralphs Spielsachen, ließ das Nachtlicht flackern, und füllte das Zimmer mit der Essenz fauler Fischköpfe. Doch Ralph, mit einem breiten Grinsen, schnappte sich eine zweite Windel. „Du magst aus der Hölle kommen," sagte er, „aber ich bin der König des Gestanks."

Ein epischer Kampf entbrannte. Windeln flogen, Höllenschleim spritzte, und die Katze, die das Chaos beobachtete, flüchtete auf den Kleiderschrank. Am Ende war Fischtoph erschöpft. „Ich gebe auf," murmelte er, „du bist... schlimmer als die Hölle." Mit einem letzten Plätschern verschwand er zurück ins Aquarium und tauchte in die Dunkelheit ab.

Ralph, nun allein im Chaos, setzte sich zufrieden aufs Bett. „Das war spaßig," flüsterte er, „aber ich frage mich, ob Fischtoph noch Freunde hat." Die Eltern, die den Lärm gehört hatten, kamen ins Zimmer. „Ralph," sagte die Mutter, „was hast du gemacht?" Doch Ralph grinste nur. „Ein bisschen gespielt," antwortete er, „mit einem alten Freund."

Ralph und Vogelbert reisen in die Hölle

Es war eine ungewöhnliche Nacht, die Sterne schienen heller als gewöhnlich, und Baby Ralph, mit seiner schiefen Windel, lag wach in seinem Bett. Neben ihm saß Vogelbert, die listige Krähe, mit einem krächzenden Geheimnis.

„Ralph," flüsterte Vogelbert, „ich habe von Fischtoph gehört. Er schmollt immer noch in der Hölle." Ralph grinste. „Ach, Fischtoph! Der hat doch verdient, was er bekam." Doch tief in seinem Herzen regte sich ein Funken Reue. „Vielleicht sollten wir ihn besuchen," schlug Vogelbert vor, „und Frieden schließen." Ralph nickte. „Gut, aber nur, wenn ich meine Windeln mitnehmen darf."

Mit einer alten Taschenlampe und einer Handvoll Kekse machten sich Ralph und Vogelbert auf den Weg. Sie folgten einem unsichtbaren Pfad, der durch den Garten führte, bis sie vor einem großen, rauchenden Loch standen. „Das muss der Eingang sein," sagte Vogelbert. „Bereit, Ralph?" Ralph grinste. „Ich war noch nie mehr bereit!" Sie sprangen in die Tiefe, durch Rauch und Feuer, bis sie auf dem glühenden Boden der Hölle landeten. Ringsum zischte und flackerte es, Dämonen schauten neugierig, doch Ralph, wie immer unbeeindruckt, zog eine Windel hervor. „Die Hölle riecht wie ich," bemerkte er stolz.

In der Ferne sahen sie Fischtoph, der auf einem Thron aus Algen saß, umgeben von schleimigen Dämonen. „Ralph!" rief Fischtoph, „Was willst du hier?" Seine Flossen zitterten vor Wut. Doch Vogelbert trat vor. „Wir sind hier, um Frieden zu schließen," sagte er mit fester Stimme. „Ihr wart Freunde, und Freunde sollten nicht für immer im Streit leben." Ralph nickte. „Ja, Fischtoph. Ich habe dich gegessen, aber du warst ein echt guter Fisch." Fischtoph blinzelte, überrascht von der Ehrlichkeit. „Ich habe die Hölle auf dich gehetzt," gab Fischtoph zu, „aber du bist ein un-bezwingbares Baby."

Die beiden sahen sich an, dann brachen sie in schallendes Gelächter aus. „Komm her, Ralph," sagte Fischtoph, „lass uns das klären." Ralph und Fisch-toph gaben sich die Hand – oder vielmehr Flosse – und die Dämonen jubel-ten. „Das ist ein historischer Moment!" krächzte Vogelbert. Zum Abschied überreichte Ralph Fischtoph eine seiner legendären Windeln. „Für alle Fälle," sagte er. Fischtoph nahm sie an, lächelte leicht, und winkte den bei-den nach, als sie durch das rauchende Loch zurückkehrten.

Zurück im Bett schaute Ralph aus dem Fenster. „Das war cool," flüsterte er, „aber nächstes Mal nehme ich Kekse für Fischtoph mit." Vogelbert nickte, und die beiden schliefen ein, endlich in Frieden mit der Vergangen-heit.

Fischtophs Geschenk explodiert in der Hölle

Es war ein ungewöhnlicher Tag in der Hölle, die Flammen loderten träge, und Fischtoph, der einst von Baby Ralph verschlungen wurde, saß nachdenklich auf seinem Algen-Thron. „Ich habe Frieden mit Ralph geschlossen," murmelte er, „doch dieses Geschenk..." Er blickte auf ein großes, mit einer roten Schleife verziertes Paket. „... das könnte alles ändern."

Das Geschenk war eine Abschieds-Geste, die Ralph hinterlassen hatte: ein liebevoll gepacktes Paket, voll mit Windeln. „Eine Geste der Versöhnung," hatte Ralph gesagt. Doch Fischtoph wusste, dass bei Ralph nichts so harmlos war, wie es schien.

Neugierig, aber auch misstrauisch, öffnete Fischtoph die Kiste. Ein seltsamer Geruch entströmte ihr, der selbst die Dämonen zurückweichen ließ. „Was... ist das?" fragte einer. „Das riecht schlimmer als Schwefel," murmelte ein anderer.

Doch Fischtoph, stolz und mutig, griff in die Kiste und zog eine der Windeln hervor. „Vielleicht ist es ein Kunstwerk," sagte er skeptisch, „oder ein seltsames Ritual." Er legte die Windel in die Mitte seines Thronsaals, während die Dämonen um ihn herum tuschelten.

Plötzlich begann die Windel zu zischen und zu beben. „Das sieht nicht gut aus!" rief einer der Dämonen. Doch es war zu spät. Mit einem lauten Knall explodierte die Windel, und ein Regen aus schleimigen, stinkenden Tröpfchen verteilte sich über den gesamten Thronsaal. Die Wände wurden bedeckt, die Dämonen schrien, und Fischtoph wurde mitten ins Gesicht getroffen.

„Das... ist Ralphs Werk!" rief Fischtoph wütend, während er versuchte, den Gestank von seiner glitschigen Haut zu wischen. „Dieser kleine Teufel!" Die Dämonen flohen, die Flammen erloschen, und die Hölle wurde für einen Moment ungewöhnlich still. Nur Fischtoph stand da, die Überreste der Windeln um ihn herum, und murmelte: „Er hat gewonnen. Wieder einmal." Doch tief in seinem Herzen musste Fischtoph lachen. „Es gibt nur einen Ralph," sagte er leise, „und er macht selbst die Hölle lebendig."

Ralph entdeckt den Gestank seiner Füße

Es war ein Morgen wie jeder andere, doch für Ralph, mit seiner schiefen Windel und einem neugierigen Blick, war es der Beginn eines besonderen Abenteuers. Er hatte seine Füße entdeckt und begann, ihre Möglichkeiten zu erforschen.

Mit seinen kleinen Zehen wackelnd, schoss er Bauklötze durch die Luft und testete, wie viel er greifen konnte. Doch als er sich näher zu seinen Füßen beugte, stieg ihm ein seltsamer Geruch in die Nase. „Was ist das?" murmelte Ralph, „Das kommt doch nicht von mir… oder?"

Er schnüffelte vorsichtig an seinem rechten Fuß und wurde sofort von einem unerträglichen Gestank getroffen. „Das ist ja wie meine Windeln!" rief Ralph, „aber… schlimmer!"

Die Katze, die zufällig in der Nähe saß, sprang schreiend auf und floh aus dem Zimmer. Der Hund, bis dahin friedlich schlafend, knurrte kurz, legte die Ohren an und verkroch sich unter die Couch. „Das ist interessant," murmelte Ralph, „meine Füße sind nicht nur magisch, sie sind auch gefährlich!" Er streckte seinen linken Fuß über den Boden, und zu seinem Erstaunen begann das Parkett zu knistern. Ein kleiner Rauchfaden stieg von der Stelle auf, wo sein Fuß den Boden berührte, und dann… *Plopp!* Ein Loch entstand.

„Ich bin ein Vulkan!" rief Ralph begeistert. Er legte beide Füße auf den Boden, und innerhalb von Sekunden waren weitere Löcher im Parkett. „Das ist das beste Spielzeug aller Zeiten!" Die Eltern, angelockt von dem seltsamen Geruch, stürmten ins Zimmer. „Ralph!" schrie die Mutter, „Was machst du?" Doch sie hielten inne, als sie die Löcher sahen, die sich wie ein Minenfeld über den Boden verteilten. „Das… sind seine Füße!" rief der

Vater, als Ralph fröhlich mit den Zehen wackelte. „Sie stinken schlimmer als alles, was ich je gerochen habe!"

Die Mutter hielt sich die Nase zu. „Wir müssen etwas tun, bevor er das ganze Haus zerstört!" Doch Ralph, nun völlig in seinem Element, hob einen Fuß in die Luft und zielte auf die Wand. Ein weiterer *Plopp!* und ein Loch erschien. „Das ist fantastisch!" rief er, „Ich bin ein Superheld!" Die Eltern schnappten Ralph, steckten ihn in die Badewanne und begannen, seine Füße zu schrubben. Doch der Geruch war hartnäckig, und das Wasser begann, eine seltsame grüne Farbe anzunehmen.

„Er ist eine chemische Waffe," murmelte der Vater. „Und wir sind seine Opfer," fügte die Mutter hinzu. Nach einer Stunde des Waschens gab der

Gestank langsam nach, doch Ralph grinste nur. „Meine Füße sind cool,"
sagte er, „morgen probiere ich, ob ich den Teppich durchbrennen kann."
Die Eltern schauten sich erschöpft an. „Wir brauchen einen Experten,"
sagte die Mutter. „Oder ein Anti-Fußspray," ergänzte der Vater. Doch
Ralph, nun müde von seinem Abenteuer, flüsterte: „Ich bin unaufhaltsam.
Meine Füße werden Legenden."

Baby Ralphs Eltern im Gefängnis – Der große Plan

Es war ein Schock für Ralph. Seine Eltern, die einzigen Menschen,
die seine chaotischen Abenteuer immer wieder aufräumten, waren im Gefängnis gelandet. „Unrecht!" rief Ralph empört, während Vogelbert,
die listige Krähe, ihn mit einem Flügel beruhigte. „Wir werden sie rausho-
len," sagte Vogelbert, „aber wir brauchen einen Plan."

Ralph, mit seiner schiefen Windel und den berüchtigten Käsefüßen,
nickte entschlossen. „Windeln und Füße," murmelte er, „das wird unser
Schlüssel sein." In einer Nacht voller Vorbereitung sammelten Ralph und
Vogelbert alles, was sie brauchten: einen Vorrat an Windeln, ein paar Kä-
sestücke, und Ralphs geheimen Trumpf – seine intensiv stinkenden Füße.

Am nächsten Tag schlichen sie sich zum Gefängnis. Vogelbert flatterte auf einen Baum, um die Wachen abzulenken, während Ralph durch einen Lüftungsschacht kroch. „Jetzt beginnt die Magie," flüsterte Ralph, während er eine Windel mit seiner Fußsohle präparierte.

Die erste Windel landete direkt vor der Wache im Eingangsbereich. „Was ist das?" rief der Mann, doch als er sich näherte, traf ihn der Gestank wie ein Schlag. Er taumelte, hielt sich die Nase, und fiel bewusstlos um.

Ralph grinste. „Eine Wache weniger," sagte er, „Zeit für die nächste Phase." Mit Windeln als Geschosse und seinem Fußgestank als Waffe kämpfte sich Ralph durch die Sicherheitskräfte. Vogelbert sammelte währenddessen die Schlüssel von den bewusstlosen Wachen ein. Schließlich erreichten sie die Zelle von Ralphs Eltern. „Was machst du hier?" fragte die Mutter entsetzt. „Ich rette euch!" rief Ralph, während Vogelbert die Tür öffnete. „Keine Zeit für Diskussionen – folgt mir!"

Gemeinsam schlichen sie durch die Gänge des Gefängnisses. Doch als sie den Ausgang erreichten, wartete eine Gruppe Polizisten auf sie. „Nicht so schnell!" rief der Leiter. Ralph grinste breit. „Ihr habt keine Chance," sagte er, „ihr kennt meine Füße nicht." Er zog die Schuhe aus, schwenkte die Windeln, und mit einem Gestank, der selbst die stärksten Polizisten in die Knie zwang, räumte er den Weg frei.

Zurück in Freiheit, waren die Eltern jedoch besorgt. „Die Polizei wird uns jagen," sagte der Vater. „Wir können nicht ewig fliehen." Doch Ralph hatte einen letzten Trumpf. Am nächsten Morgen tauchte Ralph im Gericht auf, barfuß, mit einem Rucksack voller Windeln. „Lass mich reden," sagte er zu Vogelbert. Der Richter schaute ihn skeptisch an, doch als Ralph den ersten Schuh auszog, kippte er zurück in seinen Stuhl.

„Das reicht!" rief der Richter, der sich die Nase zuhielt. „Wir vergessen die Strafe! Nehmt das Kind und geht, aber lasst mich nie wieder diesen Geruch erleben!"

Ralph und seine Familie verließen das Gericht, frei und unbehelligt. „Das war brillant," sagte die Mutter, während der Vater nur stöhnte. Doch Ralph grinste. „Das ist erst der Anfang," flüsterte er, „meine Füße haben noch viel mehr Potenzial."

Baby Ralph und der gefolterte Weihnachtsmann

Es war Heiligabend, die Eltern hatten Ralph ins Bett gebracht, doch Ralph, mit seiner schiefen Windel und einem Glitzern im Auge, hatte andere Pläne. „Der Weihnachtsmann kommt heute," murmelte er, „und ich will ihn kennenlernen."

Kaum waren die Eltern eingeschlafen, schnappte Ralph seine Windeln und machte sich bereit. Er baute eine kleine Falle: eine Windel, strategisch platziert, genau dort, wo der Weihnachtsmann vom Kamin herunterkommen würde. Die Nacht verging, und schließlich hörte Ralph das erwartete Geräusch: ein Poltern im Kamin, ein leises „Ho Ho Ho," und dann… ein lauter Schrei. „Was ist das?" rief der Weihnachtsmann, als er in Ralphs klebrige, stinkende Falle trat. „Das ist ja… furchtbar!" Ralph trat hervor, mit einem breiten Grinsen. „Willkommen, Weihnachtsmann," sagte er, „ich habe auf dich gewartet."

Der Weihnachtsmann, der noch versuchte, die Windel von seinem Stiefel zu ziehen, sah Ralph mit entsetztem Blick an. „Was machst du hier?" fragte er. „Ich wollte dich besser kennenlernen," antwortete Ralph, „aber ich habe noch mehr Windeln für dich."

Bevor der Weihnachtsmann reagieren konnte, warf Ralph die nächste Windel. Sie landete direkt auf dem Sack mit Geschenken. „Nein!" rief der Weihnachtsmann, „Die Geschenke!" Doch Ralph war nicht zu bremsen. „Du brauchst ein bisschen mehr Chaos in deinem Leben," sagte er.

Die nächste Windel flog, diesmal direkt auf den roten Mantel. „Das reicht!" rief der Weihnachtsmann, doch Ralph grinste. „Du kannst doch nicht aufhören, es ist erst der Anfang!" Mit einem gezielten Wurf landete die letzte Windel auf dem Weihnachtsmanns Bart. Der Geruch breitete sich aus, und der Weihnachtsmann taumelte zurück. „Das ist schlimmer als Ruß!" rief er verzweifelt.

Die Eltern, die durch den Lärm geweckt wurden, kamen ins Wohnzimmer. „Ralph!" rief die Mutter, „Was machst du?" Doch Ralph zeigte stolz auf den überforderten Weihnachtsmann. „Ich wollte sicherstellen, dass er uns nie vergisst," sagte er.

Der Weihnachtsmann, nun mit einem halb sauberen Bart und einem resignierten Blick, hob die Hände. „Ich verspreche," murmelte er, „dass ihr jedes Jahr Geschenke bekommt. Aber nur, wenn ich nie wieder deine Windeln sehen muss." Am Ende der Nacht, als Ralph zufrieden in seinem Bett lag, flüsterte er: „Das war ein guter Weihnachtsabend. Nächstes Jahr mache ich einen Schneemann... aus Windeln."

Baby Ralph erpresst ein Kaufhaus

Es war ein regnerischer Nachmittag, die Eltern hatten Ralph ins Kinderwagengeschoben und sich auf den Weg ins Kaufhaus gemacht. „Bleib ruhig und benimm dich," sagte die Mutter streng. Doch Ralph, mit seiner schiefen Windel und einem listigen Lächeln, hatte andere Pläne.

Im Kaufhaus angekommen, staunte Ralph über die vielen Regale, die glitzernden Lichter und den Duft nach frischem Popcorn. „Ein Paradies," murmelte er, „aber ich will mehr." Während die Eltern abgelenkt waren, kletterte Ralph aus dem Wagen, schnappte sich eine Handvoll Windeln aus der Wickeltasche, und verschwand in die Spielzeugabteilung. „Zeit für ein Abenteuer," flüsterte er.

Er baute sich eine kleine Festung aus Bauklötzen und Stofftieren, platzierte eine präparierte Windel direkt am Eingang, und setzte sich mit einem Keks in der Hand auf seinen Thron aus Plüschtieren. „Ich bin jetzt der König des Kaufhauses," verkündete er.

Als der erste Verkäufer kam, um nach dem seltsamen Geruch zu sehen, warf Ralph eine Windel. „Stop!" rief er, „Niemand kommt näher, außer ihr erfüllt meine Forderungen." Der Verkäufer hielt inne, schockiert von der fliegenden Windel. „Was willst du?" fragte er zögernd. Ralph grinste. „Ich will Spielzeug. Viel Spielzeug. Und einen Becher Kakao."

Die Nachricht verbreitete sich schnell. Das Management des Kaufhauses versammelte sich vor Ralphs Festung. „Wir können das nicht zulassen," sagte der Filialleiter. „Aber was können wir tun?" fragte ein Angestellter, „Seine Windeln sind gefährlicher als alles, was wir je erlebt haben."

Die Eltern, die inzwischen bemerkten, dass Ralph fehlte, wurden alarmiert. „Was macht er diesmal?" murmelte der Vater, als sie zu der Spielzeugabteilung eilten. Dort fanden sie Ralph, umgeben von verängstigten Verkäufern und einem Haufen Spielzeug. „Ralph!" rief die Mutter, „Was machst du da?" Doch Ralph, nun in voller Verhandlungslaune, zeigte auf die Windel in seiner Hand. „Ich bin der Chef," sagte er, „und ich bekomme, was ich will."

Nach einer langen Verhandlung bekam Ralph schließlich einen riesigen Stoffbären, einen Becher Kakao, und einen neuen Bauklotz-Turm. Im Gegenzug erklärte er das Kaufhaus für sicher und zog sich zurück. Am Abend, wieder zu Hause, saßen die Eltern erschöpft auf dem Sofa. „Er wird eines Tages ein Diplomat," sagte der Vater. „Oder ein Verbrecher," ergänzte die Mutter. Doch Ralph, zufrieden mit seinem Tag, flüsterte: „Nächstes Mal probiere ich das im Supermarkt."

Ralph träumt

Es war eine stille Nacht, die Eltern schliefen friedlich, der Hund schnarchte leise, und selbst die Katze hatte sich in eine Ecke zurückgezogen. Doch in Ralphs kleinen Kopf wuchsen Abenteuer, wie sie die Welt noch nicht gesehen hatte.

Im Traum stand Ralph auf einem riesigen Windelberg, der bis in die Wolken ragte. „Das ist mein Königreich," verkündete er stolz, „und alle werden sich meiner Macht beugen!"

Vogelbert, die listige Krähe, flog heran, einen goldenen Schnuller im Schnabel. „Herrscher Ralph," krächzte sie, „deine Füße wurden zu mächtigen Waffen erklärt." Ralph blickte hinab, und tatsächlich – seine Füße strahlten ein grünes Licht aus, das alles um ihn herum in Angst und Ehrfurcht versetzte.

Plötzlich erschien Fischtoph, glitschig und mit funkelnden Algen gekrönt. „Ralph!" rief er, „Die Höllenbewohner fordern Wiedergutmachung! Du hast das Chaos gebracht – nun musst du die Ordnung wiederherstellen."

Ralph grinste. „Ordnung ist langweilig," sagte er, „aber ich bin bereit, zu verhandeln." Mit einem Schwung seiner Windel ließ er einen Stern vom Himmel fallen, der direkt ins Meer tauchte und eine riesige Fontäne erzeugte. „Das ist mein Geschenk," verkündete Ralph, „nimm es oder lass es!"

Doch der Traum drehte sich weiter. Nun war Ralph in einem gigantischen Kaufhaus. Alle Regale waren mit Keksen gefüllt, alle Angestellten trugen Windeln, und eine Parade von Plüschtieren begrüßte ihn mit Fanfaren. „Das ist das Leben," murmelte Ralph, während er sich auf einen Thron aus Schokolade setzte.

Doch plötzlich zogen dunkle Wolken auf. Eine Stimme dröhnte aus der Ferne: „Ralph! Es ist Zeit aufzuwachen!" Ralph blinzelte, das Königreich verblasste, und er fand sich zurück in seinem Kinderbett. Die Mutter stand über ihm, ein Lächeln auf den Lippen. „Was hast du geträumt, Ralph?" fragte sie. Doch Ralph grinste nur, legte den Schnuller in den Mund, und flüsterte: „Das würdest du nicht verstehen."

Ralph im Schweinestall

Es war ein warmer Tag, die Eltern hatten beschlossen, Ralph auf einen Bauernhof mitzunehmen. „Ein bisschen frische Luft," sagte die Mutter, „und vielleicht lernt er, sich sauber zu verhalten." Doch Ralph, mit seiner schiefen Windel und einem Blick voller Abenteuerlust, hatte andere Pläne.

Kaum waren sie auf dem Hof, entdeckte Ralph den Schweinestall. „Das sieht aus wie mein Element," murmelte er, während er sich aus dem Kinderwagen schlich und durch die offene Stalltür robbte.

Die Schweine, fett und zufrieden, lagen faul im Stroh. Doch als Ralph hereinkam, zogen sie die Nasen hoch. „Wer bist du?" grunzte das größte Schwein. „Ich bin Ralph," antwortete er stolz, „und ich bringe Chaos mit."

Ohne zu zögern, hob Ralph eine Handvoll Stroh und warf es in die Luft. „Das ist wie Schnee!" rief er, während er in den Futtertrog kletterte. Die Schweine beobachteten ihn skeptisch, doch Ralph ließ sich nicht beirren. „Das hier," sagte er, „ist meine neue Burg."

Doch dann machte Ralph seine berüchtigten Füße bemerkbar. Er zog die Schuhe aus, legte die Käsefüße auf das Stroh, und innerhalb von Sekunden begann das Stroh zu rauchen. „Das ist ja schlimmer als Gülle!" rief ein Schwein entsetzt.

Die Schweine flohen in die hinterste Ecke des Stalls, doch Ralph war noch nicht fertig. Mit einer seiner Windeln, die er aus der Wickeltasche gestohlen hatte, präparierte er den Trog. „Jetzt habt ihr ein neues Futter," sagte er grinsend.

Die Eltern, die Ralphs Abwesenheit bemerkten, kamen schließlich in den Stall. „Ralph!" schrie die Mutter, „Was machst du da?" Doch Ralph, nun bedeckt mit Schlamm und Stroh, grinste breit. „Ich passe mich nur an," erklärte er. Die Bauern liefen herbei, doch als sie den Geruch von Ralphs Windel bemerkten, hielten sie inne. „Das ist... nicht von den Schweinen," murmelte einer. „Das ist Ralph," sagte die Mutter, „unser ganz persönliches Chaos."

Am Abend, wieder zu Hause, sagte der Vater: „Ich glaube, er hat den Schweinen etwas beigebracht." „Ja," antwortete die Mutter, „nämlich, dass Ralph schlimmer ist als alles andere." Ralph, zufrieden mit seinem Tag, flüsterte: „Morgen besuche ich die Kühe."

Sonnenfinsternis à la Baby Ralph

Es war ein Tag, den alle mit Spannung erwarteten: Die Sonnenfinsternis stand bevor, und die Eltern hatten Ralph auf die Terrasse gebracht, um ihn an diesem besonderen Ereignis teilhaben zu lassen. „Das wird majestätisch," sagte die Mutter. „Ein lehrreicher Moment," fügte der Vater hinzu.

Doch Ralph, mit seiner schiefen Windel und einem Funken Chaos in den Augen, schaute skeptisch zum Himmel. „Eine verdunkelte Sonne?" murmelte er, „Das klingt nach einer Herausforderung." Die Eltern hatten ihm extra eine kleine Schutzbrille gekauft, doch Ralph zog sie ab und setzte sie der Katze auf. „Die braucht sie mehr," erklärte er, während er begann, seine Umgebung zu inspizieren.

Er entdeckte einen Karton, einen alten Spiegel, und natürlich seinen Vorrat an berüchtigten Windeln. „Das reicht," flüsterte Ralph, „um etwas Großes zu schaffen." Mit Vogelbert, der listigen Krähe, als Berater begann Ralph, ein „Sonnenfängergerät" zu bauen. Der Karton wurde zur Basis, der Spiegel wurde so ausgerichtet, dass er die Sonnenstrahlen einfing, und die Windeln... wurden zu mysteriösen Abschirmungen.

„Was machst du da, Ralph?" fragte die Mutter, als sie die Konstruktion sah. „Ich helfe der Sonne," antwortete Ralph, „sie braucht Unterstützung, um wirklich beeindruckend zu sein." Die Eltern ließen ihn gewähren, doch bald begann das Chaos. Ralphs Spiegel lenkte die Sonnenstrahlen direkt in die Nachbargärten. Ein Hund begann zu bellen, ein Nachbar rief: „Was ist das für ein Lichtstrahl?"

Doch Ralph war nicht fertig. Mit einem gezielten Wurf platzierte er eine seiner Windeln über den Spiegel, und plötzlich begann ein seltsamer, nebliger Schatten über die Terrasse zu ziehen. „Ich mache meine eigene Finsternis," verkündete Ralph stolz.

Die Windel, die von der Sonne erhitzt wurde, begann zu qualmen. Ein beißender Geruch breitete sich aus, und die Katze floh ins Haus. „Ralph!" schrie der Vater, „Du ruinierst den Moment!" Doch Ralph grinste. „Ich verbessere ihn," sagte er, „jetzt ist es ein echtes Spektakel."

Die Nachbarn, die das Schauspiel beobachteten, waren gespalten. Einige fanden es faszinierend, andere hielten sich die Nase zu. „Das ist kein

Wunder der Natur," murmelte einer, „das ist Ralph." Am Ende, als die Sonne wieder erschien und die Windeln entfernt wurden, schaute Ralph zufrieden in den Himmel. „Die Sonne hat gewonnen," sagte er, „aber ich war ein würdiger Gegner."

Die Eltern, erschöpft vom Gestank und Chaos, seufzten. „Er wird die Welt verändern," sagte die Mutter. „Oder einfach nur nerven," fügte der Vater hinzu. Ralph, nun müde, flüsterte in seinem Hochstuhl: „Nächstes Mal mache ich einen Regenbogen... aus Windeln."

Baby Ralph wird entführt – Eine Qual für die Entführer

Es war ein ruhiger Abend, die Eltern saßen gemütlich vor dem Fernseher, und Ralph, mit seiner schiefen Windel und einem funkelnden Blick, spielte friedlich mit seinen Bauklötzen. Doch draußen, im Schatten des Gartens, lauerten zwei Entführer.

„Das ist das perfekte Ziel," murmelte der eine. „Ein unschuldiges Baby, leichtes Geld," fügte der andere hinzu. Doch keiner von ihnen ahnte, welche Katastrophe sie heraufbeschwören würden.Kaum war Ralph ins Bett gebracht, schlichen sich die Entführer ins Haus, packten ihn in eine Decke und verschwanden in die Nacht. Ralph, zuerst verwirrt, blickte sich in der Dunkelheit um. „Ein Abenteuer," dachte er, „das gefällt mir."

In ihrem Versteck, einer alten Hütte am Waldrand, setzten die Entführer Ralph ab. „Sei brav, Kleiner," sagte der eine. „Wir wollen nur das Lösegeld," fügte der andere hinzu. Doch Ralph grinste. „Ich werde brav sein," sagte er, „brav chaotisch."

Zuerst zog er seine Windel aus und warf sie in die Ecke. Der Gestank breitete sich schnell aus, und die Entführer hielten sich die Nase zu. „Was... ist das?" rief der eine. „Das ist... schlimmer als Gülle!" Doch Ralph war noch nicht fertig. Mit seinen berüchtigten Käsefüßen lief er über den Holzboden, der zu knistern begann. „Hört ihr das?" fragte der andere Entführer. „Das Baby zerstört unser Versteck!"

Als die Entführer versuchten, Ralph zu beruhigen, warf er Bauklötze nach ihnen, legte einen Windelberg vor die Tür und begann laut zu singen. „Ich bin Ralph," rief er, „und ihr seid meine Gefangenen!" Nach Stunden der Qual, mit brennenden Augen und einer Nase voller Gestank, waren die Entführer am Ende ihrer Kräfte. „Wir geben auf," rief der eine, „dieses Kind ist nicht von dieser Welt!"

Sie brachten Ralph zurück nach Hause, stellten ihn vorsichtig vor die Tür, und klopften an. Die Eltern öffneten die Tür, und Ralph krabbelte fröhlich herein. „Er war… zu viel für uns," stammelte einer der Entführer, bevor sie in die Nacht flohen.

Die Mutter hob Ralph hoch. „Was ist passiert?" fragte sie. Doch Ralph grinste nur. „Ich habe gespielt," sagte er, „und ich habe gewonnen." Am Abend, während Ralph zufrieden einschlief, flüsterte er: „Nächstes Mal entführe ich jemanden."

Ralph entführt den Bürgermeister

Es war ein sonniger Vormittag, die Eltern waren im Garten beschäftigt, und Ralph, mit seiner schiefen Windel und einem Plan im Kopf, hatte ein neues Ziel. „Der Bürgermeister," murmelte er, „der macht bestimmt, was er will. Aber jetzt mache ich, was ich will!"

Kaum hatte er sich aus dem Haus geschlichen, schnappte sich Ralph seine Spielzeugkarre, eine Tasche voller Windeln, und seine berüchtigten Käsefüße. „Ich bin bereit," sagte er, „für die größte Aktion aller Zeiten." Der Bürgermeister, ein stolzer Mann mit feinem Anzug, war gerade dabei, eine Rede auf dem Marktplatz zu halten. „Die Stadt wächst und gedeiht," sagte er, „und ich verspreche Ihnen…" Doch plötzlich wurde er unterbrochen. Ralph, der mit seiner Karre direkt auf die Bühne fuhr, hob eine Windel in die Luft. „Stopp!" rief er, „Ab jetzt übernehme ich!" Die Menge hielt inne, verwirrt von dem kleinen Eindringling. Doch bevor jemand reagieren konnte, warf Ralph die Windel. Sie landete direkt auf dem Rednerpult und verbreitete einen unbeschreiblichen Geruch. „Was ist das?" rief der Bürgermeister entsetzt. „Das ist Macht," antwortete Ralph, „und jetzt kommst du mit mir."

Mit einem gezielten Tritt gegen das Schienbein des Bürgermeisters brachte Ralph ihn zum Stolpern. Dann zog er ihn, immer noch benebelt von der Windel, in seine Spielzeugkarre. „Ich entführe dich," erklärte Ralph, „wir haben ein paar Dinge zu klären." Die Fahrt führte durch den Park, wo der Bürgermeister, immer noch fassungslos, fragte: „Was willst du von mir?" Ralph grinste. „Mehr Spielplätze, mehr Kekse, und eine Statue von mir im Stadtzentrum."

Im Park versammelte sich bald eine Menge. Die Polizei kam, doch Ralph, nun in voller Kontrolle, hielt eine weitere Windel hoch. „Kommt näher, und ich lasse sie fliegen!" rief er. Die Beamten hielten inne. „Er ist gefährlich," murmelte einer.

Nach einer langen Verhandlung, bei der Ralph Keksrationen und die Versprechen von neuen Spielgeräten erhielt, ließ er den Bürgermeister frei. „Ich bin zufrieden," sagte er, „aber vergiss meine Forderungen nicht."

Am Abend, wieder zu Hause, sahen die Eltern die Nachrichtensendung. „Ein kleiner Junge brachte den Bürgermeister in seine Gewalt..." Die Mutter schaute auf Ralph, der grinsend in seinem Hochstuhl saß. „Das warst du, oder?" fragte sie. Ralph zwinkerte nur. „Vielleicht." Die Eltern seufzten. „Wir sollten aufpassen," sagte der Vater, „er könnte nächstes Mal den Präsidenten anpeilen." Ralph, zufrieden mit seinem Tag, flüsterte: „Gute Idee."

Ralphs „Spezial-Kuchen"

Es war ein regnerischer Tag, die Eltern waren in der Küche beschäftigt, und Ralph, mit seiner schiefen Windel und einem schelmischen Lächeln, spielte auf dem Boden. „Backen ist langweilig," murmelte er, „aber ich kann das besser machen."

Er beobachtete, wie die Mutter Teig knetete und der Vater Eier aufschlug. „Das sieht leicht aus," dachte Ralph, „ich brauche nur die richtigen Zutaten." Kaum hatten die Eltern sich umgedreht, schlich Ralph sich an die Schüssel heran, zog eine seiner Windeln hervor, und ließ den Inhalt direkt in den Teig fallen. „Ein persönlicher Touch," sagte er zufrieden, „das wird ein einzigartiger Kuchen."

Er begann, den „Teig" mit den Händen zu mischen, fügte eine Handvoll Mehl hinzu, ein bisschen Zucker, und – weil es ihm lustig erschien – eine Scheibe Wurst aus dem Kühlschrank. „Perfekt," flüsterte er, „das ist Haute Cuisine."

Mit großer Mühe schob er die Schüssel in den Ofen und stellte die Temperatur ein. Die Eltern, die inzwischen den seltsamen Geruch bemerkten, drehten sich um. „Ralph?" fragte die Mutter, „Was machst du da?" Doch bevor sie eingreifen konnten, klingelte der Timer, und Ralph zog stolz seinen „Kuchen" aus dem Ofen. „Tada!" rief er, „Mein Meisterwerk!"

Die Eltern hielten inne, starrten auf den dampfenden Haufen, der eher wie ein biologisches Experiment aussah. „Das ist nicht essbar," sagte der Vater entsetzt. Doch Ralph grinste. „Ihr habt keine Ahnung von Kunst," erklärte er, „das ist avantgardistische Backkunst."

Die Katze kam neugierig näher, schnüffelte kurz, und sprang dann mit einem entsetzten Miauen aus dem Fenster. Der Hund hielt inne, sah den Kuchen an, und verzog sich unter den Tisch. Die Eltern schauten sich an. „Das war's," sagte die Mutter, „wir backen nie wieder mit ihm im Raum." Doch Ralph, zufrieden mit seinem Werk, schnappte sich ein Stück und bot es Vogelbert an, der skeptisch aber mutig einen Bissen nahm. „Es... hat Charakter," krächzte die Krähe schließlich.

Am Abend, während die Eltern die Küche desinfizierten, flüsterte Ralph in seinem Hochstuhl: „Nächstes Mal mache ich Muffins."

Vogelberts Ende und die Höllen-WG mit Fischtoph

Es war ein ruhiger Moment, nach Ralphs chaotischem Backexperiment, als Vogelbert, die listige und tapfere Krähe, den fatalen Bissen von Ralphs „Spezial-Kuchen" wagte. „Es hat... Charakter," krächzte er schwach, doch kurz darauf verlor er das Gleichgewicht. „Ich fühle mich... seltsam," flüsterte er, bevor er zu Boden fiel.

Die Eltern, die den Geruch von Ralphs Backkunst immer noch ertragen mussten, schauten entsetzt auf die Szene. „Hat die Krähe...?" fragte die Mutter. „Ralph!" rief der Vater, „Was hast du in diesen Kuchen getan?" Doch Ralph zuckte nur die Schultern. „Ein bisschen von allem," sagte er, „es war perfekt."

Doch Vogelbert hatte sein letztes Abenteuer erlebt. Seine Seele, voller List und vergangener Streiche, fand sich plötzlich in den rauchenden Hallen der Hölle wieder. „Wo... bin ich?" krächzte er schwach. Eine tiefe Stimme antwortete: „Willkommen, Vogelbert. Du bist im gleichen Zimmer wie Fischtoph." Ein Flossenschlag erklang, und Fischtoph, glitschig und

leicht genervt, trat aus den Schatten. „Nicht schon wieder ein Bekannter von Ralph," murmelte er. „Was hat er diesmal gemacht?"

„Ein Kuchen," antwortete Vogelbert, „mit allem, was schlimm und unvorstellbar ist." Fischtoph seufzte. „Typisch Ralph. Selbst in der Hölle entkommen wir ihm nicht." Das Zimmer, ein feuchter Raum voller Algen und Flammen, wurde plötzlich enger, als Vogelbert sich auf einen glitschigen Hocker setzte. „Also, was machen wir jetzt?" fragte er. „Wir leiden," antwortete Fischtoph, „und hoffen, dass Ralph uns nicht wieder in ein Chaos zieht." Doch tief in der Hölle, zwischen Flammen und Schwefel, hatte Vogelbert einen Gedanken. „Vielleicht sollten wir uns verbünden," sagte er, „und Ralph irgendwann... zurückzahlen." Fischtoph grinste leicht. „Das klingt nach einem Plan," sagte er, „aber zuerst müssen wir herausfinden, wie wir hier lebendiger werden können."

Die Höllen-WG, geboren aus Ralphs Chaos, war nun ein Ort, wo Pläne geschmiedet wurden – doch ob sie Erfolg haben würden, war ungewiss.

Vergeltung in der Hölle

Es war ein friedlicher Morgen, die Eltern saßen entspannt beim Frühstück, doch Ralph, mit seiner schiefen Windel und den berüchtigten Käsefüßen, hatte wieder eine Idee. „Was passiert, wenn ich schneller trete?" fragte er sich, während er seine Füße gegen den Boden presste. Plötzlich begann das Parkett zu rauchen, dann zu knistern, und schließlich... brach der Boden unter Ralph ein. „Das ist spannend!" rief er, als er in die Tiefe stürzte.

Er fiel durch Rauch und Flammen, bis er auf einem schleimigen Boden landete. Ralph blinzelte, stand auf, und schaute sich um. „Das ist nicht mein Kinderzimmer," murmelte er, „aber es riecht ähnlich." Vor ihm tauchte Fischtoph auf, glitschig und wütend. „Ralph!" schrie er, „Du schon wieder? Hast du nicht genug Unheil angerichtet?"

Neben ihm erschien Vogelbert, immer noch leicht transparent und deutlich genervt. „Du hast mich hier runtergebracht," sagte er, „jetzt werde ich mich rächen!" Doch es blieb nicht bei den beiden. Der Teufel höchstpersönlich, gefolgt von einer Horde Dämonen, trat aus den Flammen. „Das ist der berühmte Ralph?" fragte der Teufel mit einem höhnischen Grinsen. „Wir haben schon viel von dir gehört." Die Dämonen umringten Ralph, während Fischtoph und Vogelbert bereitstanden, um endlich Vergeltung zu üben. „Das ist dein Ende, Ralph," sagte der Teufel, „hier unten gelten andere Regeln."

Doch Ralph, mit seiner unerschütterlichen Gelassenheit, zog seine Windel aus. „Ich habe meine eigenen Regeln," sagte er. Doch bevor er reagieren konnte, packten ihn die Dämonen. Er wurde auf ein Algenbett geworfen, umgeben von höllischen Flammen. „Das war's," murmelte Vogelbert triumphierend.

Doch plötzlich… ein lautes Miauen! Die Katze, gefolgt vom Hund, sprangen durch das Loch in der Decke. Die Katze landete auf dem Kopf des Teufels, kratzte wild, während der Hund begann, die Dämonen zu verbellen. „Was ist das?" schrie der Teufel, „Wer hat diese Viecher hier runtergelassen?" Die Ablenkung war genug. Die Katze zog Ralph mit ihren Krallen vom Algenbett, während der Hund mit einem gezielten Tritt Fischtoph und Vogelbert in den Schlamm schubste. Ralph lachte. „Meine Retter!" rief er, „Ich wusste, dass ihr mich nicht im Stich lasst."

Gemeinsam kletterten sie zurück nach oben, während die Hölle im Chaos versank. Zurück im Kinderzimmer, schauten die Eltern entsetzt auf das Loch im Boden. „Was ist passiert?" fragte die Mutter. „Nur ein kleines Abenteuer," sagte Ralph. Doch Ralph, nun sicher in seinem Hochstuhl, dankte seinen Rettern auf seine Weise: Er schleuderte eine seiner Windeln direkt auf die Katze, die mit einem empörten Miauen davonlief, und eine zweite auf den Hund, der kopfschüttelnd das Zimmer verließ.

„Das war ein guter Tag," flüsterte Ralph zufrieden, „aber nächstes Mal nehme ich die Dämonen mit."

Katze und Hund unterhalten sich über Baby Ralph

Es war eine ruhige Nacht, die Eltern schliefen tief und fest, und Baby Ralph schnarchte leise in seinem Kinderbett, die Windel schief wie immer. Im Wohnzimmer, auf der Couch, saßen die Katze und der Hund, erschöpft vom Tag. Die Katze seufzte. „Dieses Kind ist eine Naturgewalt," sagte sie, „heute hat er versucht, mich mit einer Banane zu füttern." Der Hund nickte. „Das ist nichts," antwortete er, „er hat mich mit seinen Käsefüßen gejagt. Ich dachte, ich ersticke."

Die Katze schnurrte kurz, dann zuckte sie mit den Ohren. „Warum bleiben wir überhaupt hier?" fragte sie. „Wir könnten abhauen, uns ein ruhiges Leben suchen." Der Hund dachte kurz nach. „Weißt du," sagte er, „es ist verrückt, aber irgendwie... mag ich ihn."

Die Katze starrte ihn an. „Magst du den Gestank? Die Windelanschläge? Das Chaos, das er überall hinterlässt?" Der Hund zuckte mit den Schultern. „Vielleicht. Er ist... unterhaltsam." Die Katze rollte mit den Augen. „Unterhaltsam? Er hat mir heute seinen Keks ins Fell gedrückt. Ich rieche immer noch nach Schokolade." Der Hund lachte leise. „Er nennt das Liebe," sagte er, „zumindest glaube ich das."

Die Katze legte sich hin, den Schwanz um sich gewickelt. „Manchmal frage ich mich," murmelte sie, „wie lange wir das noch aushalten. Wird er jemals normal?" Der Hund schüttelte den Kopf. „Das ist Ralph," antwortete er, „er wird nie normal sein."

Ein Moment der Stille. Dann fügte der Hund hinzu: „Aber denk mal daran, wer uns immer die Kekse zusteckt, wenn die Eltern nicht hinsehen." Die Katze hob den Kopf. „Das stimmt," sagte sie, „er ist manchmal großzügig." Sie blickten beide Richtung Kinderzimmer, wo Ralph im Schlaf ein leises Lachen ausstieß. „Vielleicht," sagte die Katze, „bleiben wir doch. Aber nur, weil er irgendwie… einzigartig ist." Der Hund nickte. „Und weil wir beide wissen, dass wir ohne ihn ein langweiliges Leben hätten."

Die beiden schauten sich an, seufzten, und rollten sich zusammen. „Na gut," sagte die Katze, „eine Nacht noch." „Eine Nacht," wiederholte der Hund, „und morgen sehen wir weiter."

Katze und Hund bringen Baby Ralph das Tanzen bei

Es war ein ruhiger Nachmittag, die Eltern waren im Garten, und Baby Ralph, mit seiner schiefen Windel und einem Keks in der Hand, hockte vor dem Radio. Ein rhythmisches Lied erklang, und Ralph wippte unbewusst mit dem Kopf. „Was ist das?" fragte er neugierig.

Die Katze, die sich elegant auf dem Sofa räkelte, schaute hinüber. „Das ist Musik," sagte sie, „sie bringt Bewegung in die Beine." Der Hund, der neben ihr lag, nickte. „Man nennt es Tanzen," fügte er hinzu. Ralph starrte sie an. „Tanzen?" wiederholte er, „Was ist das?" Die Katze sprang geschmeidig auf den Tisch. „Ich werde es dir zeigen," sagte sie, „aber du musst lernen, die Eleganz einer Katze zu meistern."

Mit geschmeidigen Bewegungen schritt die Katze vor Ralph hin und her, hob die Pfoten, drehte sich in einem perfekten Kreis, und landete mit einem eleganten Sprung. „So macht man das," verkündete sie stolz. Ralph versuchte es nachzumachen, doch seine ersten Schritte waren eher ein Wanken und Stolpern. „Nicht schlecht," sagte der Hund, „aber Tanzen braucht Kraft. Ich zeige dir, wie man stampft."

Mit kräftigen Bewegungen stampfte der Hund über den Boden, wedelte mit dem Schwanz im Takt, und drehte sich so schnell, dass er kurz umfiel. „Das ist Power!" rief er, während Ralph begeistert applaudierte. Ralph begann zu üben, kombinierte die Eleganz der Katze mit der Energie des Hundes. Doch seine schiefen Windeln und berüchtigten Käsefüße machten den Tanz zu einer olfaktorischen Herausforderung.

„Er bewegt sich!" rief die Katze, „Aber dieser Geruch!" „Wir brauchen Frischluft," ergänzte der Hund, während er das Fenster öffnete. Ralph tanzte weiter, drehte sich im Kreis, hob die Arme, und fiel am Ende direkt in den Futternapf des Hundes. „Das war… interessant," sagte die Katze, während der Hund lachte. „Er hat Talent," fügte er hinzu, „aber noch viel zu lernen."

Am Abend, als die Eltern wieder hereinkamen, sahen sie Ralph, die Katze und den Hund in einer seltsamen Formation tanzen. „Was passiert hier?" fragte die Mutter. Doch Ralph grinste nur. „Wir machen Kunst," sagte er, „und das ist erst der Anfang." Die Eltern schüttelten den Kopf, während Ralph, zufrieden mit seinem neuen Hobby, flüsterte: „Morgen probiere ich Breakdance."

Ralph versorgt die ganze Stadt mit historischen Windeln

Es begann mit einem Museumsbesuch. Die Eltern hatten Ralph in die Ausstellung für „Historische Hygiene" mitgenommen, in der allerlei

Kuriositäten gezeigt wurden: altes Toilettenpapier, antike Seifenspender und – Ralphs persönliches Highlight – historische Windeln aus vergangenen Jahrhunderten. „Das ist beeindruckend," murmelte Ralph, während er vor einer prächtigen Windel aus dem 18. Jahrhundert stand, verziert mit goldenen Nähten. „Aber warum liegen sie nur hier? Diese Windeln verdienen ein zweites Leben!" Zurück zu Hause begann Ralph, mit einem seiner berüchtigten Pläne. Er schlich sich in der Nacht ins Museum, mit einer Tasche voller Kekse und seiner berühmten Hartnäckigkeit. „Diese Stadt braucht Geschichte,"
flüsterte er, „und ich bin der Kurator des Chaos." Mit Vogelbert, der listigen Krähe, als Komplizen, schaffte Ralph es, sämtliche historischen Windeln aus dem Museum zu entwenden. „Du bist wahnsinnig," krächzte Vogelbert, „aber ich mag es."

Am nächsten Morgen begann Ralph, die Windeln in der Stadt zu verteilen. Er hängte eine römische Toga-Windel an die Statue im Stadtpark, legte eine mittelalterliche Stoffwindel auf den Marktplatz und befestigte eine prachtvolle Seidenwindel aus dem Barock an der Kirchturmspitze. Die Stadt war in Aufruhr. „Was ist hier los?" fragte ein verwirrter Bürger. „Sind das… Windeln?" Die Presse eilte herbei, und bald waren die historischen Windeln das Gesprächsthema Nummer eins.

Doch Ralph war noch nicht fertig. Er stellte in der Fußgängerzone einen Stand auf und begann, die Windeln zu „verleihen." „Erleben Sie Geschichte hautnah!" rief er, „Diese Windeln wurden von Königen getragen!" Die Eltern, die inzwischen die Schlagzeilen gesehen hatten, eilten in die Stadt. „Ralph!" rief die Mutter, „Was machst du da?" Doch Ralph grinste nur. „Ich bringe Bildung in die Gesellschaft," sagte er stolz, „und ein bisschen Stil."

Als die Museumsdirektorin erschien, schien sie kurz vor dem Kollaps. „Das sind unschätzbare Exponate!" rief sie. „Wie kannst du es wagen?" Doch Ralph hielt eine präparierte Windel hoch. „Mit dieser Windel," verkündete er, „wird Geschichte lebendig!" Die Polizei rückte an, doch Ralph, mit seinen berühmten Käsefüßen, schaffte es, die Beamten fernzuhalten. Am Ende der Woche war die Stadt zu einem einzigen Windelmuseum geworden, und Ralph saß zufrieden in seinem Hochstuhl. „Das war ein Erfolg," flüsterte er, „nächstes Mal mache ich etwas mit alten Töpfchen."

Baby Ralph und die Zombie-Apokalypse

Es war eine düstere Nacht, die Eltern waren erschöpft vom Tag, und Baby Ralph, mit seiner schiefen Windel und einem unheilvollen Funkeln in den Augen, plante sein nächstes Abenteuer. „Ich will etwas Großes machen," murmelte er, „etwas, das die Welt nie vergessen wird."

Mit einer Handvoll Windeln, einer Flasche aus der Elternküche, die verdächtig nach Essig roch, und natürlich seinen berüchtigten Käsefüßen, schlich Ralph in den Garten. „Die Nachbarn schlafen," dachte er, „perfekt für mein Experiment." Er baute eine seltsame Konstruktion: eine Windel wurde zur Fahne, die Flasche in die Erde gesteckt, und seine Käsefüße stampften rhythmisch um die improvisierte Apparatur. „Das wird magisch," flüsterte Ralph, „ich werde der König der Toten."

Plötzlich begann der Boden zu zittern. Ein seltsamer, fauliger Geruch breitete sich aus, und ein leises Stöhnen stieg aus der Erde. Die Nachbarn, die das Geräusch hörten, schauten aus ihren Fenstern. „Was ist das?" fragte Herr Meier. „Das ist Ralph," antwortete Frau Müller, „und es kann nichts Gutes bedeuten."

Aus dem Boden krochen Hände, dann Köpfe, dann ganze Körper. Es waren Zombies – eine Horde von Untoten, die von Ralphs einzigartigem Duft a gelockt wurden. „Steht auf!" rief Ralph triumphierend, „Ihr seid jetzt meine Armee!" Die Zombies, noch benommen, wandten sich Ralph zu. Einer schnüffelte an der Luft und hielt sich den Kopf. „Was ist das für ein Gestank?" stöhnte er. „Das sind meine Käsefüße," antwortete Ralph stolz, „und sie werden euch führen."

Innerhalb von Minuten war die Nachbarschaft in Panik. Die Zombies, angetrieben von Ralphs Windel-Waffen, zogen durch die Straßen, klopften an Türen, und verbreiteten Chaos.

Die Eltern, die vom Lärm geweckt wurden, rannten in den Garten. „Ralph!" schrie die Mutter, „Was hast du getan?" Doch Ralph grinste nur. „Ich habe neue Freunde gemacht," sagte er, „und sie bleiben, solange ich will." Doch die Situation eskalierte schnell. Die Zombies begannen, die Keksvorräte der Nachbarn zu plündern, und einer versuchte, die Katze zu fangen. „Das reicht!" rief der Vater, „Wir müssen sie stoppen!"

Die Eltern schnappten sich Ralphs Windeln, schnüffelten kurz daran, und warfen sie direkt in die Horde. Der Gestank war so überwältigend, dass die Zombies sich sofort zurückzogen, stöhnend und jammernd, bis sie wieder in die Erde sanken.

Am Ende der Nacht, als der Garten voller Löcher war und die Nachbarn misstrauisch durch die Fenster spähten, setzten die Eltern Ralph in seinen Hochstuhl. „Keine Experimente mehr!" sagte die Mutter. „Zumindest nicht nachts," fügte der Vater hinzu. Doch Ralph, zufrieden mit seinem Werk, flüsterte: „Morgen mache ich Geister."

Mit Windeln in der Sonntagsmesse

Es war ein ruhiger Sonntagmorgen, die Glocken läuteten feierlich, und die Eltern hatten Ralph für die Sonntagsmesse vorbereitet. „Benimm dich heute," sagte die Mutter streng, „kein Unsinn!" Doch Ralph, mit seiner schiefen Windel und einer Tasche voller Ideen, hatte andere Pläne. Kaum in der Kirche angekommen, blickte Ralph neugierig umher. Die Bänke waren voll, die Orgel spielte sanft, und der Pfarrer trat an das Pult. „Das ist langweilig," murmelte Ralph, „ich mache es interessanter."

Er zog eine seiner Windeln hervor, die er sorgfältig präpariert hatte, und schob sie unter die Bank. Mit einem schelmischen Grinsen wartete er auf den richtigen Moment.

Als der Pfarrer die Predigt begann, zündete Ralph die erste Phase seines Plans. Ein leichter, aber deutlich wahrnehmbarer Geruch breitete sich aus. Die Leute in den vorderen Reihen begannen sich umzuschauen. „Riechst du das?", flüsterte eine Frau. „Das kommt aus der Sakristei.", murmelte ein Mann. Doch Ralph wusste es besser.

Die zweite Phase begann, als Ralph einen seiner berühmten Käsefüße aus dem Schuh befreite. Er streckte ihn vorsichtig unter die Bank, bis der Geruch sich mit der Atmosphäre der Kirche vermischte. „Das ist unerträglich!" rief jemand aus der dritten Reihe. „Ist das Weihrauch?" fragte ein anderer.

Die Eltern, die inzwischen ahnten, dass Ralph hinter der Sache steckte, schauten ihn warnend an. Doch Ralph, vollkommen unschuldig wirkend, kramte in seiner Tasche und zog eine zweite Windel hervor.

Diesmal zielte er auf die Orgel. Mit einem geschickten Wurf landete die Windel direkt auf der Tastatur. Der Organist, überrascht vom plötzlichen Geräusch, spielte einen falschen Akkord, der durch die ganze Kirche hallte. „Das ist ein Angriff!" schrie jemand.

Ralph grinste breit, während die Gemeinde in Aufruhr geriet. Der Pfarrer versuchte, die Menge zu beruhigen, doch die Kombination aus Gestank und Chaos war zu viel. Am Ende, als die Kirche fast leer war und der Pfarrer resigniert den Kopf schüttelte, blickten die Eltern auf Ralph. „Warum machst du das?" fragte die Mutter. Ralph zuckte die Schultern. „Ich wollte helfen," sagte er unschuldig, „es war zu langweilig."

Am Abend, wieder zu Hause, flüsterte Ralph in seinem Hochstuhl: „Nächstes Mal bringe ich die Glocken selbst zum Läuten."

Nachwort des Autors

Als ich Baby Ralph ins Leben rief, ahnte ich nicht, wie viel Freude, Chaos und manchmal auch Nachdenklichkeit diese kleine Figur in die Herzen der Leser bringen würde. Baby Ralph ist mehr als nur ein Charakter – er ist ein Spiegel unserer eigenen Abenteuer, unserer kindlichen Neugier und unserer unerschöpflichen Fähigkeit, die Welt neu zu entdecken.

Ich danke Ihnen, liebe Leserinnen und Leser, dass Sie Baby Ralph auf seinen Reisen begleitet haben. Er mag erfunden sein, aber er lebt in jeder Seite, in jedem Lachen und in jeder Erinnerung weiter, die er hinterlässt.

Vielleicht hat Baby Ralph Sie daran erinnert, dass auch in den einfachsten Momenten ein Funken Magie steckt. Wenn das so ist, dann hat er seinen Zweck erfüllt – und ich könnte mir kein schöneres Geschenk als Autor wünschen.

Mit Dankbarkeit,

Guido-Franklin Bierknecht